रामधारी सिंह दिवाकर

रामधारी सिंह दिवाकर का जन्म 1 जनवरी, 1945 को अररिया जिले (बिहार) के एक गाँव नरपतगंज में एक निम्न-मध्यवित्त किसान-परिवार में हुआ। उन्होंने एम.ए. (हिन्दी), पी-एच.डी. की उपाधि प्राप्त की। मिथिला विश्वविद्यालय, दरभंगा में प्रोफेसर एवं विभागाध्यक्ष पद से 2005 में सेवानिवृत्त हुए। अरसे तक बिहार राष्ट्रभाषा परिषद, पटना के निदेशक रहे।

पहली उल्लेखनीय कहानी 'नई कहानियाँ' पत्रिका के जून 1971 के अंक में प्रकाशित हुई। तब से अनवरत लेखन। हिन्दी की प्रतिष्ठित पत्र-पत्रिकाओं में शताधिक कहानियाँ, उपन्यास आदि प्रकाशित।

पन्द्रह कहानी-संग्रह, सात उपन्यास, आलोचना और संस्मरण-कथावृत्त की एक-एक किताब। कई कहानियाँ विभिन्न भारतीय भाषाओं में अनूदित-प्रकाशित। दिल्ली दूरदर्शन द्वारा 'शोकपर्व' कहानी पर टेलीफिल्म। 'मखानपोखर' कहानी पर भी फिल्म बनी। प्रतिष्ठित 'श्रीलाल शुक्ल इफको सम्मान' सहित अनेक पुरस्कार-सम्मान। पटना में स्थायी निवास।

सम्पर्क : ए-303, वृन्दावन अपार्टमेंट फेज-II, मलाही पकड़ी, कंकड़बाग, पटना-800 020

अंतिम अध्याय

रामधारी सिंह दिवाकर

राजकमल पेपरबैक्स

राजकमल पेपरबैक्स में
पहला संस्करण : 2023
This book is printed on Print on Demand Technology : 2025

राजकमल पेपरबैक्स : उत्कृष्ट साहित्य के जनसुलभ संस्करण

राजकमल प्रकाशन प्रा. लि.
1-बी, नेताजी सुभाष मार्ग, दरियागंज
नई दिल्ली-110 002
द्वारा प्रकाशित

शाखाएँ : अशोक राजपथ, साइंस कॉलेज के सामने, पटना-800 006
पहली मंजिल, दरबारी बिल्डिंग, महात्मा गांधी मार्ग, प्रयागराज-211 001
1, अनमोल सोराबजी संतुक लेन, धोबी तलाव, मरीन लाइंस, मुम्बई-400 002
वेबसाइट : www.rajkamalprakashan.com
ई-मेल : info@rajkamalprakashan.com

मूल्य : ₹299

ANTIM ADHYAY
Novel by Ramdhari Singh Divakar

ISBN : 978-81-19835-12-6

अंतिम अध्याय

1

पंचायत भवन के आगे, जहाँ गाँव की हाट का आखिरी छोर है, वहाँ बूढ़े बरगद की जड़ों के चारों ओर सीमेंट का गोल चबूतरा बना हुआ है। चबूतरा पहले जीर्ण-शीर्ण अवस्था में था। ग्राम पंचायत के युवा मुखिया अनवर हुसेन ने इसकी मरम्मत कराई। अर्द्धवृत्ताकार एसबेस्टस की छत डलवा दी। छत के कारण चबूतरे की सुन्दरता बढ़ गई। अब यह चबूतरा हाट-बाजार करनेवालों और रेलवे स्टेशन से आनेवाले मुसाफिरों के लिए सुस्ताने की भी जगह बन गया। सामने सीताराम चौरसिया की चाय-पान की दुकान है।

हर शनिवार को यहाँ चौपाल जमता है। दिन ढलते यहाँ गाँव के चार बूढ़े आते हैं। इन बूढ़ों को देख लोग कहते हैं—जैसा बूढ़ा बरगद, वैसे बूढ़े लोग।

इन चार बूढ़ों में सबसे बुजुर्ग हैं पंडित रामदहिन पाठक। छपरिया हैं, यहीं बस गए हैं। दूसरे हैं, छोटू मल्लिक। पुराने बाजार के रहनेवाले हैं। पहले सरकारी सेवा में थे। सर्किल इंस्पेक्टर के पद से रिटायर हैं। तीसरे हैं, रजपुताही के बाबू शिवनाथ सिंह और चौथे बुजुर्ग हैं, कोइरी टोले के राजाराम महतो। ये सब साठ पार के लोग हैं। इनके अलावा साठ की उम्र के इधर-उधर वाले भी कुछ लोग बटचौपाल में कभी-कभी शामिल होते हैं। इनमें प्रमुख हैं चैतू

मंडल—हाई स्कूल के प्रधानाध्यापक, जो सेवानिवृत्त होने के पहले भी जब-तब आते थे।

राजगंज-मधुरा ग्राम पंचायत कई जातियों और टोलों का समुच्चय है। किसानों-मजदूरों की अच्छी-खासी आबादी है। इन्हीं के बीच से निकले कुछ धन्धेबाज भी हैं। गाँव अब पहले वाला गाँव नहीं रहा जहाँ सिर्फ खेती-बाड़ी होती थी। अब अनेक प्रकार के धन्धे पनप आए हैं। राजनीतिक अखाड़ों वाले रोजगार, सरकारी योजनाओं के बिचौलिये-दलाल, पंचायत से जुड़े विकास कार्यक्रमों का बंटाधार करनेवाले अदृश्य रोजगार आदि नये गाँव की सम्भावनाओं के नये दरवाजे हैं। प्रखंड कार्यालय से लेकर ग्राम विकास के केन्द्रों-उपकेन्द्रों और थाने-हॉस्पिटल-आँगनबाड़ी तक यह जाल फैला हुआ है।

लेकिन यहाँ जिन चार बुजुर्गों की बात हो रही है, उनको इस जाल-जंजाल से कुछ लेना-देना नहीं है। अव्वल तो इनके बीच राजनीति की चर्चा होती ही नहीं। ये चारों अपने-अपने परिवार में, अपना सुख-दुख झेलते, एक-दूसरे के सुख-दुख को साझा करते बटचौपाल में आ बैठते हैं। यह साप्ताहिक बैठक होती है—हर शनिवार को, जिस दिन गाँव की हाट लगती है। वे चारों जानते हैं कि बटचौपाल में इस समागम से किसी की पारिवारिक समस्या का हल नहीं निकलता, लेकिन आत्मीय सुझावों से कभी-कभी राह तो मिलती ही है। वे बटचौपाल से कुछ हलके होकर घर लौटते हैं। इन सबको शाम होते-होते लौटना होता है। इनकी आँखें चश्मों के बावजूद पूरी तरह काम नहीं करतीं। अगर किसी दिन अँधेरा हो गया तो सबसे ज्यादा दिक्कत पंडित रामदहिन पाठक को होती है। वे पचहत्तर पार के हैं, आयुजन्य बीमारियाँ हैं सो अलग। रीढ़ थोड़ी झुकी हुई है, चलने में लाठी का सहारा लेते हैं।

आज के बटचौपाल के केन्द्र में पाठक बाबा हैं। गाँव में चर्चा है कि पाठक जी का बड़ा बेटा समरेश दूसरी बार दिल्ली से आया है। तीन महीने पहले भी एक दिन के लिए आया था। 'आया है' का मतलब अपने पिता के घर आना नहीं। वह गाँव से चौदह-पन्द्रह किलोमीटर दूर फारबिसगंज कस्बे के एक होटल में ठहरा है। वहीं से अपने पिता के घर आया है। वैसे फारबिसगंज में उसके अपने चाचा का घर है। चाचा हाई स्कूल में विज्ञान-शिक्षक थे।

छोटू बाबू ने पूछा, "का हो पाठक जी, गाँव में चर्चा है कि आपका बड़ा बेटा समरेश दूसरी बार आया है दिल्ली से! कुछ दिन पहले भी आया था। मामला क्या है? क्या आपको साथ ले जाने के लिए आया है?"

"ई क्या मजाक कर रहे हैं छोटू बाबू! हमको ले जाने के लिए क्यों आएगा? वह आया है मकान बनवाने के लिए। किराये पर लगे जो चार कमरे हैं टिनशेड वाले, समर कहता है, उस जगह अगर पक्के के कमरे बना दिये जाएँ तो अभी जो किराया मिलता है, उसका चौगुना किराया मिलेगा। मेरे टूटे-फूटे मकान की जगह पक्के मकान बनाने की भी बात कह रहा है। तीन महीने पहले भी यही बात कहने आया था।"

छोटू बाबू, शिवनाथ सिंह और राजाराम महतो पाठक जी का चेहरा देखने लगे। पाठक जी के चेहरे पर जो विषाद की छाया रहती है, वह इस वक्त नहीं थी। कहने लगे, "समर कहता है, अभी चारों कमरों के चार हजार रुपये मिलते हैं न, पक्के कमरे बन जाएँ तो पाँच चौके बीस—बीस हजार रुपये मिलने लगेंगे आपको। आपके खँडहर मकान को भी पक्के का बनाऊँगा।"

प्रसन्न मुद्रा में कही गई पाठक जी की बात पर राजाराम महतो बोले, "आपके अच्छे दिन आ गए पंडीजी! अन्त-अन्त में बड़े बेटे को आपकी याद तो आई कि पिता के लिए कुछ करना चाहिए!"

छोटू बाबू किंचित् संशय के स्वर में बोले, "पता नहीं क्यों, मुझे विश्वास नहीं होता है। जिस बेटे ने कभी माँ-बाप की सुधि नहीं ली, उसमें अचानक बिना कारण के यह परिवर्तन कैसे आ गया कि बाप-माँ के लिए मकान और किराये के कमरे बनाने की बात करने दिल्ली से आया है! माँ-बाप के लिए यह कृतज्ञता अचानक कैसे उमड़ आई?" छोटू बाबू मन-ही-मन कुछ गुनते हुए बोले, "वह दोहा है न!...'ज्यों निकलंक मयंक लखि गिनैं लोग उतपात।'"

"कभी-कभी लोग सुधर भी जाते हैं छोटू बाबू!" शिवनाथ बाबू ने जैसे बहुत सोच-समझकर यह बात कही हो! "हाँ, होता है ऐसा भी! कई उदाहरण मिल जाएँगे।"

चारों बूढ़ों में जो सबसे कम बूढ़े थे राजाराम महतो, उन्होंने कहा, "हम लोगों को सुधारवाद में विश्वास करना चाहिए।"

छोटू बाबू को विश्वास नहीं हो रहा था, बोले, "राखो मेलि कपूर में हींग न होहि सुगन्ध।"

पंडित रामदहिन पाठक चुप थे। राजाराम महतो उनकी तरफ देखते हुए बोले, "कहावतों-दोहों का क्या है! आप पक्ष-विपक्ष, दोनों में दोहे-श्लोक जुटा सकते हैं। हम बुरा ही क्यों सोचें! हो सकता है, अच्छे विचार समर के मन में आए हों!"

शाम होने को थी। बरगद पर चिड़ियों का कोलाहल शुरू हो गया था। फागुन महीने का शुक्ल पक्ष। आठ दिन बाद होली है। तेज पछुआ हवा बह रही थी। इसी को कहते हैं फगुनाहट! हलकी-हलकी गुलाबी ठंड और हवा के स्पर्श में मादकता! खेतों में गेहूँ की बालियाँ तिलकने लगी हैं। शान्त और श्रृंगार रस के मिलन का अकेला महीना फागुन!

पास के बागान से कोयल की कुहू-कुहू की आवाज आई तो छोटू बाबू मुस्कराते हुए बोले, "अजीब नशीला मौसम होता है यह फागुन! क्या आप लोगों को नहीं लगता कि मन में कुछ हो रहा है?"

रामदहिन पाठक सहित बाकी तीनों की निर्मल हँसी के बीच सीताराम चौरसिया चार गिलास चाय ले आया—एक बिना चीनी की। चौरसिया का यह नियम-सा है—बटचौपाल में आनेवालों को चाय पिला देना।

इन चार बुजुर्गों में रामदहिन पाठक तन और मन, दोनों से कमजोर दिखते हैं। बीच-बीच में दमे की बीमारी के कारण हँफनी होने लगती है। घर में बस पति-पत्नी। इनका टिनहा घर खँडहर-जैसा हो गया है। आय के नाम पर बस, किराये के चार कमरे हैं। मुख्य सड़क के किनारे हैं चारों कमरे। हालाँकि ये कमरे भी जर्जर हो गए हैं, फिर भी किराये पर लगे हैं। एक-एक हजार के हिसाब से चार हजार हर महीने। पाठक जी बी.पी.एल. सूची में हैं और वृद्धावस्था पेंशन भी मिलती है। किसी तरह गुजर-बसर हो जाती है। कहने को चार बेटे हैं, दो बेटियाँ हैं। बेटियाँ बड़ी थीं। अपने-अपने घर गईं। चार बेटों में बड़ा समरेश पाठक एम.ए. पास कर बिना कुछ कहे दिल्ली चला गया। बाकी तीन बेटों ने बगल के कस्बे फारबिसगंज कॉलेज से किसी तरह बी.ए. किया। बेटों की पढ़ाई और बेटियों की शादी में पाठक जी की आठ बीघे जमीन बिक

गई। बची थी चार बीघे जमीन जो बटाई पर लगी थी। परिवार का खर्च किसी तरह निकल आता था। बाद में वह जमीन भी सिकमी बटाई में चली गई। जोतदारों ने पाठक जी को कुछ भी देना बन्द कर दिया। यहाँ गाँव में करने को कुछ था नहीं। समरेश तो पहले ही घर से चला गया था। बाकी तीन बेटे भी चले गए। यहाँ करते भी क्या?

पाठक जी सिर्फ समरेश की शादी करा सके, वह भी दबाव में—मजबूर होकर। बहू कभी नहीं आई यहाँ।

मुहावरे में जिसे 'पीछे मुड़कर नहीं देखना' कहते हैं, वह अभिधेयार्थ में चारों बेटों पर चरितार्थ हुआ। किसी ने पीछे मुड़कर माँ-बाप को नहीं देखा। किस बेटे ने कहाँ शादी की या नहीं की, पाठक जी को इसकी जानकारी नहीं है।

स्थिति यह है कि पाठक जी की गुजर-बसर किसी तरह हो जाती है, लेकिन खाने-पीने के अलावा और भी तो खर्च हैं। दमा रोग है, ब्लडप्रेशर है, पत्नी घुटनों से लाचार है। दवाएँ खरीदनी पड़ती हैं और उसके लिए पैसे चाहिए। घर के सामने ही संजय अग्रवाल की दवा-दुकान है। पुराना सम्बन्ध है, इसका लिहाज कर संजय अग्रवाल उधार दे देता है। इधर कुछ दिनों से अग्रवाल आना-कानी करने लगा है। कहता है—पाँच हजार से ज्यादा बकाया है, अब माफ कीजिए।

एक दिन पाठक जी की बूढ़ी पत्नी दवा खरीदने गईं तो संजय ने कहा, "आपकी दुकान के पीछे जो खाली जमीन है, उसे बेच दीजिए। दे दीजिए जमीन मुझे। फिर लेते रहिए दवाएँ।

पाठक जी की पत्नी ने संशय के बावजूद हामी भर दी और दवाएँ ले आईं। पति से बोलीं, "दुकान के पीछे जो खाली जमीन है, संजय अग्रवाल खरीदना चाहता है। आपका क्या विचार है?"

पाठक जी सहमत नहीं हुए। किसी भी स्थिति में वे जमीन बेचने को तैयार नहीं थे।

"आखिर किसके लिए रखे हुए हैं जमीन? हम दाने-दाने को तरस रहे हैं, दवा नहीं खरीद पा रहे हैं और बेमतलब जमीन 'जोगकर' रखे हुए हैं। अग्रवाल काफी पैसे देगा।"

पाठक जी कुछ बोले नहीं।

गाँव में समरेश का एक मित्र है वीरेन्द्र सिंह। उसी से समरेश के विषय में जानकारी मिलती है। हाल ही में वीरेन्द्र ने बताया कि समरेश विदेश मंत्रालय में काम करता है। अच्छे पद पर है। मॉरीशस में कुछ साल हिन्दी शिक्षक रहा। नोएडा में उसका अपना फ्लैट है, एन.सी.आर. में भी एक फ्लैट खरीदा है, गाजियाबाद में डेढ़ कट्ठे का प्लॉट है। समरेश एक साहित्यिक पत्रिका भी निकालता है : 'जनतरंग'। पत्रिका उसके पास आती है। वीरेन्द्र सिंह से ही जानकारी मिली थी कि समरेश के दो छाटे भाई दिल्ली में ही हैं। ट्यूशन पढ़ाकर जी रहे हैं और किसी नौकरी की तलाश में हैं। लेकिन यह सूचना कई वर्ष पहले की है। वीरेन्द्र सिंह को इधर हाल की जानकारी नहीं है कि समरेश के भाई कहाँ हैं, क्या करते हैं।

समरेश अब रिटायर होनेवाला है। उसके दो बेटे हैं। दोनों जॉब में हैं।

वर्षों बाद समरेश को अपने माता-पिता की याद आई है। क्यों आई याद, इस पर माँ-बाप को ही नहीं, उन लोगों को भी आश्चर्य है जो पाठक जी की दुर्दशा को जानते हैं। पाठक जी से सहानुभूति रखनेवाले लोगों को खुशी हुई यह जानकर कि समरेश माँ-बाप के लिए किराये के चार कमरे बनवाना चाहता है और माँ-बाप जिस टिनहा मकान के खँडहर में रहते हैं, उस खँडहर की जगह नये मकान बनवाना चाहता है।

अपने गाँव में समरेश दूसरी बार आया है। तीन महीने पहले भी आया था सिर्फ एक दिन के लिए। मकान बनाने सम्बन्धी अपनी आकर्षक योजना लेकर आया था। भूमिका बाँधकर और माता-पिता को आश्वस्त करने की कोशिश कर दिल्ली लौट गया था।

इस बार वह अटैची लेकर सीधे अपने मित्र वीरेन्द्र सिंह के घर पहुँचा था। माता-पिता का घर इस लायक है नहीं कि वहाँ रहा जा सके। खँडहर टिनहा मकान में कौन रहेगा!

वीरेन्द्र सिंह के दरवाजे पर रिक्शे से उतरते ही उसने देखा, मकान में ताला लगा है। भौचक-सा खड़ा समरेश इधर-उधर देखता रहा।

वीरेन्द्र सिंह के भाई भवेश सिंह ने कहा, "भैया तो कल ही ससुराल चले

गए।" उसी रिक्शे से समरेश बस स्टैंड गया। वहाँ से टैक्सी लेकर फारबिसगंज। समरेश सोचता रहा, वीरेन्द्र से फोन पर बात हो गई थी, फिर भी वह ससुराल क्यों चला गया?

पूरे छह दिन समरेश होटल में रहा। रोज सुबह की ट्रेन से गाँव आता और माता-पिता को अपनी योजना समझाता। एक ही मुद्दा था—पुराने टिनशेड वाले किराये पर लगे कमरों की जगह पक्के कमरे बनाना। पिता के साथ वह जमीन के पूरे दायरे में घूमता और समझाता कि क्या योजना है उसकी।

पाठक जी और उनकी पत्नी को पता नहीं क्यों, विश्वास नहीं होता था कि समरेश जो चाह रहा है, उसमें सच्चाई कितनी है।

आखिर समरेश माता-पिता को समझाने में सफल हो गया।

जमीन रामदहिन पाठक के नाम से थी। समरेश ने कहा, मकान वह बैंक से कर्ज लेकर बनाएगा और कर्ज तभी मिल सकता है जब जमीन उसके नाम से हो। "आपको तो कर्ज मिलेगा नहीं बाबूजी!"

जमीन की रजिस्ट्री बेटे के नाम से करें या न करें, इस विषय पर पाठक जी और उनकी पत्नी भारी उलझन में रहे। पूरी दो रात वे सो नहीं पाए। समरेश फारबिसगंज से आता और बाबूजी का फैसला सुनने के लिए दरवाजे पर चुपचाप बैठा रहता। बाबूजी और माँ यह समझ नहीं पाते थे कि बेटे में यह प्रेम क्यों उमड़ पड़ा है!

"आप लोग आनन्द से रहेंगे। बीस हजार किराये के आएँगे। आपका मकान भी बन जाएगा। बहुत दिन आप लोगों ने दुख झेला। अब और नहीं।"

इस बार भी समरेश माता-पिता के लिए कपड़े लाया था। पिता के लिए धोतियाँ, कुर्ते, बंडी। माँ के लिए चार साड़ियाँ, शॉल वगैरह।

दिल्ली लौटने के पहले माता-पिता से मिला। दस हजार रुपये दिये पिता को। बोला, "क्या चाहिए आप लोगों को, बोलिए, लेता आऊँगा। वैसे बाबूजी के लिए फुल स्वेटर और कोट तो लाऊँगा ही और माँ, आपके लिए?"

माँ मुरझाई-सी हँसी में बोलीं, "हम का कहीं! (मैं क्या कहूँ!) हमरातऽ कुछ बुझाते नइखे (मेरी समझ में कुछ नहीं आ रहा है)।"

2

अगले शनिवार को शिवनाथ सिंह समय से कुछ पहले ही पहुँच गए बटचौपाल। सीताराम चौरसिया की दुकान का नौकर बनारसी चबूतरे को झाड़ू से बुहार चुका था। शिवनाथ बाबू चबूतरे पर बैठे अपने साथियों की प्रतीक्षा करने लगे। सामने की कोका नदी सूख गई है। नदी के उस पार रेलवे स्टेशन राजगंज मधुरा पेड़-पौधों के कारण दिखता नहीं है। रेलगाड़ी के इंजन की आवाज से पता चला, पँचबजिया लोकल आ गई है।

बसन्ती पछुआ हवा मन्द-मन्द बह रही थी। बगल के बौराये आम बागान की मादक गन्ध यहाँ तक आ रही थी। फिर वही कोयल की कुहू-कुहू! चबूतरे पर बैठे शिवनाथ बाबू कुछ सोच रहे थे। सोच रहे थे—अब तक वे कितने वसन्त देख चुके हैं!

कल होली है। शिवनाथ बाबू के कुर्ते की जेब में लाल अबीर का एक छोटा-सा पैकेट है। तीनों साथी आ जाएँ तो मचे होली! कल होनेवाली होली आज ही हो जाए! होली पर सोच-सोचकर मन जवान हुआ जा रहा था। समय ही कुछ ऐसा था। बौराये आम की गन्ध, कोयल की कुहू-कुहू। फाग के बोल याद आने लगे। एक-से-एक घोर शृंगारिक फाग! 'कारी चोलिया में जोबना हिलोर मारे...'।

कि तभी याद आ गई नन्दिनी। बीस-इक्कीस के शिवनाथ बाबू रहे होंगे। नन्दिनी इंटर की परीक्षा देकर गाँव आई थी। इस याद के साथ वे बुढ़ापे से कब चढ़ती जवानी में पहुँच गए, कुछ पता नहीं चला। यह बूढ़ा बरगद, गोल चबूतरा, सब तिरोहित हो गए। नन्दिनी के कठोर उरोजों का स्पर्श, आलिंगन-चुम्बन...। बस, यहीं तक। प्रसंग आगे बढ़ता कि 'जाति' बीच में आ गई। नन्दिनी दुर्लभ बन गई। तब जवानी की 'उठान' थी। नन्दिनी के सिवा दुनिया में कुछ भी दिखता नहीं था। कितने वर्ष बीत गए?

अब बहत्तर पार की उम्र में उन दिनों की याद से स्फुरण भी होता है, कुछ क्षणों बाद अवसाद भी। सिर्फ यादें। मन का एक अतीतरागी पक्ष उन दिनों को याद कर अभिभूत होता है, फिर दूसरा पक्ष आता है—आज का यथार्थ। पता नहीं, क्या है बसन्ती बयार में! बीता हुआ और बीतते हुए का अनोखा संगम! घुटनों में दर्द, चलने-फिरने में परेशानी। फिर भी बटचौपाल में आए बिना चैन नहीं। घर में कोई बात करनेवाला भी तो नहीं। दो बेटे साथ रहते हैं। बड़ा बेटा हरिनाथ अभी हैदराबाद में है। पहले जर्मनी में था। आठ-नौ साल पहले हरिनाथ की माँ का देहान्त हुआ था। हरिनाथ को खबर दी गई। तब वह बर्लिन में था। उसने कहा था, "मेरा उसके गाँव पहुँचना सम्भव नहीं है। कोशिश करूँगा कि दशकर्म में पहुँचूँ।"

मझला बेटा विष्णुकान्त हाई स्कूल में नियोजित शिक्षक है। तीसरा रविकान्त खेती-बाड़ी देखता है। इन्हीं दोनों भाइयों ने माँ का कर्मकांड पूरा किया। दशकर्म के दिन हरिनाथ आया था। सिर्फ दो दिन रहा। पचास हजार रुपये दिए। शिवनाथ बाबू ने पुराने मकान को दिखाते हुए हरिनाथ से कहा था, "बेटा, यह मकान देख रहे हो न, कितना पुराना हो गया है! कभी बैठ जाएगा। कुछ रुपये दो तो मरम्मत कराएँ। खेती से मिलता ही क्या है! मझला नियोजित शिक्षक है। उसके भी बच्चे हैं और छोटका तो बस खेती-पथारी में ही लगा रहता है।"

हरिनाथ का जवाब था, "मेरे हिस्से की पाँच बीघे जमीन है न बाबूजी! आप लोग ही उपजाते-खाते हैं। फिर मैं क्यों दूँ रुपये?"

माँ मर गई। हरिनाथ की आँखों में एक बूँद आँसू नहीं। कोई चर्चा भी

नहीं। दूसरे दिन पटना से उसकी फ्लाइट थी चार बजे शाम में। विदा के समय हरिनाथ ने पिता से कहा, "बाबूजी, अपने हिस्से की जमीन मैं बेचना चाहता हूँ। मुखिया जी से कहा है कि ग्राहक खोजिए।"

शिवनाथ बाबू हरिनाथ का जवाब सुनकर सन्न रह गए। आलीशान जिन्दगी जीनेवाला हरिनाथ क्या अपने हिस्से की पाँच बीघे जमीन अपने भाइयों को नहीं दे सकता? श्वसुर करोड़पति हैं। हरिनाथ के दोनों बच्चे नाना के साथ अमेरिका में रहकर पढ़ते हैं। भाइयों की हालत देखकर क्या पाँच बीघे जमीन वह छोड़ नहीं सकता?

हरिनाथ जमीन बेचने की बात कहकर चला गया।

शिवनाथ बाबू इस बड़े बेटे पर सोचने लगे। सोचने लगे जब उसका जन्म हुआ था। 'दुधकट्टू' था। माँ को दूध नहीं उतर रहा था। चार-पाँच महीने का था। सूखकर काँटा हो गया था। हरिनाथ की माँ चिन्ता में व्याकुल कि बउआ का क्या होगा। औरतें कहती थीं—न गाय का दूध पचता है, न बकरी का। 'चलानी दूध' भी नहीं पच रहा है। किसी लरकोरी माँ का दूध चाहिए। ऐसे विकट समय में चमरटोली की डोमना माय हरिनाथ को जिन्दगी देने के लिए सामने आई। एक स्तन का दूध वह अपने बेटे डोमना को पिलाती, दूसरे स्तन का दूध हरिनाथ को। रात में दूध पिलाने के लिए वह यहीं रह जाती अपने बच्चे के साथ।

हरिनाथ को बाद में, बहुत बाद में यह सब बताया गया कि उसको जिन्दगी देनेवाली माँ चमरटोली की डोमना माय है।

शिवनाथ बाबू का झुका हुआ सिर उस दिन उठ नहीं पाया जिस दिन अस्सी साल की डोमना माय लाठी टेकती दरवाजे पर आई और कहने लगी, "डोमना दिल्ली में मजूरी करता है। उसके पास हरिनाथ बाबू के डेरे का पता था। एक दिन हिम्मत करके वह हरिनाथ बाबू से मिलने गया। अपने बारे में, आपके बारे में बताया। खड़ा रहा देर तक।

हरिनाथ बाबू बोले, "ठीक है। मुझे जरूरी काम से निकलना है। तुम अभी जाओ। मेरे बेटे को बैठने को भी नहीं कहा..."

कल होली है और शाम होने को है। कुहू-कुहू की आवाज से मन चंचल हो रहा है। शिवनाथ बाबू को लगा, वे बीते यौवन की दहलीज पर आ खड़े हुए हैं। सामने चौरसिया की चाय-पान की दुकान की दोनों बेंचें ग्राहकों से भरी हैं। पँचबजिया ट्रेन चली गई है। दिन डूबा नहीं है। सूरज की किरणें पेड़ों के शीर्ष पर चढ़कर कुछ ज्यादा स्वर्णिम दिख रही हैं। हलकी फागुनी हवा बगल के आम बागान से पकी आम्रमंजरियों की मादक गन्ध ढो-ढोकर ला रही है।

तभी लाठी टेकते पंडित रामदहिन पाठक आ गए। उनके पीछे छोटू बाबू और राजाराम महतो। शिवनाथ बाबू खिसियाए हुए थे। उनकी मुख-मुद्रा देख राजाराम महतो सफाई देने लगे, "असल में क्या हुआ कि मेरा जमीन का एक मामला है। चला गया था छोटू बाबू के घर। छोटू बाबू रेवेन्यू विभाग में रह चुके हैं। जमीन-जायदाद के मामले जानते हैं। उन्हीं को जमीन के कागजात दिखाने लगा। इधर आते समय पाठक बाबा के घर गया। बाबा घर के आगे मचिया पर बैठे झख मार रहे थे। मैंने कहा, 'चलिए बाबा, चलिए चौपाल में।' पाठक बाबा चिन्तित दिख रहे थे। मैंने उनको लाठी पकड़ा दी। धीरे-धीरे चलकर यहाँ तक पहुँचे हैं। असल में बड़ा बेटा समर चला गया न! इसी का दुख होगा पंडीजी को।"

पाठक जी चबूतरे पर लाठी रखते हुए जबरन मुस्कराए। झुकी हुई रीढ़ को धनुष की प्रत्यंचा की तरह तानते हुए बोले, "नहीं जी, दुख काहे होगा बेटे के जाने का! न उसके आने का सुख, न जाने का दुख।"

राजाराम जी ने पूछा, "चर्चा है कि समर किराये के चार कमरे बनवा रहा है! क्या आपके चार बेटों के लिए ये चार कमरे होंगे?"

"कुछ पता नहीं, समर के मन में क्या है।" पाठक जी के इस संशय पर शिवनाथ बाबू ने कहा, "चलिए, कुछ भी हो उसके मन में, पक्के के चार कमरे तो बनवा रहा है! पाठक जी को फायदा होगा ही। बीस-पच्चीस हजार रुपये आएँगे किराये के।"

छोटू बाबू विदा लेती सूरज की सुनहरी किरणों को देखते बोले, "कल होली है। सब लोग अपने सुख-दुख की गठरी बाँधिए। यह सोचिए कि कल होली है।"

"हाँ, कल होली है।"

एक साथ चारों ने ऊँची आवाज में नारा-जैसा लगाया, "होली है...!"

शिवनाथ बाबू ने कुर्ते की जेब से अबीर का पैकेट निकाला और थोड़ी-सी अबीर हवा में बिखेरते हुए जोर से बोले, "होली है!"

सबसे बूढ़े पाठक जी हँसने लगे, "तब हो जाए होली! का हो बाबू शिवनाथ सिंह, हो जाए होली? केतना बरस हो गइल होली खेलले!" बाएँ कान पर बाईं हथेली रख फाग का 'ओर छाना' बूढ़े पाठक जी ने, "हो-ओ-हो-ओ..."

"भर फागुन बुढ़वा देवर लागे!..." बाकी तीनों ने सुर में सुर मिलाया, "भर फागुन हो, भर फागुन हो..."

सामने चाय-पान की दुकान वाले चौरसिया की सबसे ऊँची आवाज इस सम्मिलित आवाज से आ मिली। फाग में शब्द कम थे, अलाप 'हो-हो-ओ' ज्यादा। महतो जी ने शुरू किया : "अब ना जीअब हे ननदी, छतिया पर लोटल केस..."

चौरसिया से रहा नहीं गया। जवान आदमी! दुकान से टिनहा थाली और हाथ भर की संठी ले आया और डंफे की तरह बजाने लगा।

नौकर बनारसी को कुछ नहीं मिला तो सूप ले आया और हथेली से बजाने लगा—थप-थप...!

"रंग बरसे भीजै चुनरवाली..." यह शुरुआत छोटू बाबू ने की।

शिवनाथ बाबू सबके चेहरे पर अबीर मलने लगे, "होरी है!!"

शाम का धुँधलका घिरने लगा। आम्रमंजरियों की सुगन्ध वातावरण को मादक बना रही थी। आत्मविस्मृति का अद्‌भुत समय था यह। घोर शृंगारिक फाग गाते हुए चारों बूढ़े भूल गए थे कि वे बूढ़े हैं। शिवनाथ बाबू का पोता मोटरसाइकिल लेकर आ गया था। चबूतरे की दूसरी ओर खड़ा वह हँस रहा था। विदा होने से पहले सब एक-दूसरे के गले मिले।

और इस तरह होली की पूर्व संध्या बीती। छोटू बाबू ने पाठक जी को अपने साथ ले लिया। लौटते हुए वे गुनगुना रहे थे, "कारी चोलिया में जोबना हिलोर मारे..."

3

होली के बाद चैत चढ़ा। चैत का पहला शनिवार। बटचौपाल में तीन आए। अनुपस्थित रहे छोटू मल्लिक। उनके विषय में पाठक जी ने बताया—उनके बेटे लाल बाबू को निमोनिया हो गया है। राजकीय अस्पताल में इलाज चल रहा है।

छोटू बाबू के परिवार में उनकी पत्नी के अलावा एक नौकर है रामदास। रामदास का परिवार छोटू बाबू का बटाईदार है। दरअसल रामदास को लाल बाबू की देख-रेख के लिए रखा गया है। छोटू बाबू का यह तीसरा छोटा बेटा लाल बाबू स्पष्ट बोल नहीं पाता, घिघियाकर बोलता है। उसकी बात या तो उसके माँ-बाप समझते हैं या रामदास। मुँह से लार चूती रहती है। लोग लेलहा, बकलोल, पगलेट जाने क्या-क्या कहते हैं।

छोटू बाबू के लिए यह स्थायी बन चुकी मानसिक पीड़ा है। बड़ा और मझला बेटा तो पढ़-लिखकर अच्छी नौकरियों में चले गए, रोने के लिए रह गया यह लाल बाबू। जन्म से ही ऐसा है। वैसे जन्म के बाद तीन-चार साल तक तो पता नहीं चला। पता चल भी जाता तो क्या नून चटाकर मार डालते?

लिहाजा, जीवन भर संताप झेलने के लिए माँ-बाप रह गए।

बड़े बेटे अभिजित और मझले बेटे अभिषेक ने किनारा कर लिया। अफसर बेटे अभिजित ने साफ-साफ कह दिया, "आपका दायित्व है, आप जानिए। मैं क्यों रखूँ अपने साथ? कैसे करूँगा इसकी देख-रेख? घर से बाहर निकलता है तो आप लोगों को ढूँढ़ने के लिए निकलना पड़ता है। मैं महानगर में कहाँ-कहाँ ढूँढ़ता फिरूँगा इसे? यह टेंशन मैं नहीं झेल पाऊँगा! फिर मेरी पत्नी क्या इसको अपने साथ रखना चाहेगी?...आपका बेटा है, आप जानिए।"

मझले बेटे अभिषेक ने भी इनकार कर दिया। दोनों बेटों ने शायद इसी कारण गाँव आना ही छोड़ दिया है। दोनों अपनी-अपनी जगह बड़े इत्मीनान से रह रहे हैं। होली-दीवाली में हालचाल पूछ लेते हैं, यही बहुत।

सात साल पहले छोटू बाबू पत्नी की बीमारी को लेकर बहुत परेशान थे। डॉक्टरों ने हृदय रोग बताया। पैसे का जुगाड़ हो नहीं पा रहा था। थोड़ी-सी जमीन, वह भी बटाई पर लगी हुई। निरुपाय हो गए तो अभिजित को फोन किया। बोले, "डॉक्टर तुम्हारी माँ को एम्स ले जाने की सलाह देते हैं। तुम दिल्ली में हो। कहो तो तुम्हारी माँ को लेता आऊँ? बड़े पद पर हो, थोड़ी पैरवी कर दोगे तो एम्स में एडमिट हो जाएगी।"

अभिजित का जवाब था, "पापा, पटना में हार्ट हॉस्पिटल है। सरकारी अस्पताल है। कम खर्च में इलाज हो जाएगा। पचास हजार मैं भेज दूँगा। मम्मी को दिल्ली लाना क्यों जरूरी है? फिर एम्स में अब पहले वाली व्यवस्था रही नहीं। पैरवी काम नहीं करती।" फोन काट दिया अभिजित ने।

मझले बेटे अभिषेक को छोटू बाबू ने फोन पर उसकी माँ की बीमारी बताई। अभिषेक का भी वही जवाब था, "पापा, मम्मी को दिल्ली ले जाना क्यों जरूरी है? पटना में हार्ट हॉस्पिटल है, ए.जी.एम.एस. है। कम पैसे में वहाँ इलाज हो जाता है। पैसे कम पड़ रहे हों तो मेरे हिस्से की जमीन बेच दीजिए और मम्मी का इलाज कराइए।"

छोटू बाबू ने फोन काट दिया। मन में क्या आया कि फिर अभिषेक को फोन लगाया।

"हाँ, पापा, बोलिए।"

"बोलना क्या है बेटा! बस, यही कि पटना में इलाज कराने में भी तो

खर्च होगा। मेरे पास उतने का भी इन्तजाम नहीं है।" अभिषेक की आवाज में झिझक आ गई थी। छोटू बाबू बोलने में लड़खड़ाने लगे, "जमीन कैसे बेच दूँ बेटा! तुम्हारे दादा की खरीदी हुई जमीन है। हम सबका लगाव है इससे। जमीन सिर्फ मिट्टी नहीं होती बेटा!"

"आखिर दादा की जमीन में मेरा हिस्सा बनता है न पापा! इसलिए तो कहता हूँ, मेरा जो हिस्सा होता है, उसे बेच डालिए और माँ का इलाज कराइए। मुझे कुछ नहीं लेना-देना जमीन-जायदाद से।"

"और तुम्हारी माँ को हार्ट की बीमारी है, उसका क्या करूँ? इलाज में जमीन बेच दूँ तो अपनी गुजर-बसर कैसे होगी? तुम्हारा एक भाई भी तो है! जमीन बेचकर इलाज कराऊँ तो तुम दोनों भाइयों को क्यों पढ़ाया-लिखाया?"

इस वाक्य के बाद अभिषेक चुप। फोन की लाइन कट गई।

पत्नी सामने कुर्सी पर बैठी सब सुन रही थीं। छोटू बाबू विचित्र-सी हँसी हँसते बोले, "सुन लिया न, क्या जवाब दिया तुम्हारे बेटे ने!"

पत्नी एकटक दीवार पर जलते बल्ब को देखती रहीं।

"यही बेटा है न, दो बार इसको टी.बी. हुई थी—एक बार ग्लैंड टी.बी., फिर फेफड़े की टी.बी.। कितनी बार लहेरियासराय लेकर गए थे हम। हम-तुम कभी-कभी रात-रात भर जागते रह जाते थे।"

आँखें मूँदे पत्नी को जैसे नींद से जगाते हुए बोले छोटू बाबू, "सुन लिया न तुमने? आपकी जिम्मेदारी है।"

माँ की आँखों से आँसू बहने लगे। भर्राई आवाज में बोलीं, "आपको याद है, जब आपके बाबूजी की मौत करीब आ गई थी, आपकी हथेली उन्होंने अपने हाथ में ले ली थी? छोड़ते ही नहीं थे। उनकी आँखों से टप-टप आँसू गिर रहे थे। उनके हाथ की पकड़ तब ढीली हुई जब प्राण छूटने को हुए।"

छोटू बाबू उस क्षण को याद कर रोने लगे...।

आज के बटचौपाल में छोटू बाबू के छोटे बेटे लाल बाबू पर ही चर्चा होती रही। सबकी यही चिन्ता कि छोटू बाबू और उनकी पत्नी जब नहीं रहेंगे तब लाल बाबू का क्या होगा?

शिवनाथ बाबू बोले, "वह नौकर है न रामदास।"

"अजी, नौकर तो नौकर ही होता है न! जब दोनों भाइयों ने सगे छोटे भाई से पल्ला झाड़ लिया तो नौकर तो नौकर ही है।" राजाराम महतो की इस बात पर शिवनाथ बाबू चुप हो गए।

पाठक जी जैसे आत्मालाप करते बोले, "किससे कहा जाए! अपना भी तो यही हाल है।"

"नहीं पाठक जी, छोटू बाबू की समस्या गम्भीर है। आपका, मेरा, इनका क्या है! मूँदिए आँखि कतहु कोउ नाहीं।"

तीनों बूढ़े चिन्तित थे। बातचीत बोझिल हो गई थी। शाम हो गई थी, फिर भी हलका उजास था। तीनों ने तय किया, बीमार लाल बाबू को देखने चलें हॉस्पिटल।

चैती हवा आज किसी को प्रिय नहीं लग रही थी।

4

आज के साप्ताहिक चौपाल में छोटू बाबू शामिल थे। लाल बाबू स्वस्थ हो गया है। घर में पत्नी है और नौकर रामदास है। बटचौपाल में शिवनाथ बाबू और महतो जी के बाद आए ये छोटू बाबू। रामदहिन पाठक चलने में लाठी का सहारा लेते हैं, इस कारण थोड़ी देर से आते हैं। ऐसा शायद ही होता है कि चौपाल में कोई नहीं पहुँचे। बस, बारिश के महीनों में या जनवरी की जानलेवा ठंड में जब शीतलहर चलती है, तब कोई नहीं आता। सामने की चाय-पान की दुकान खुली रहती है—कोई ग्राहक आए न आए।

असल में इन चारों बूढ़ों की मानसिक जरूरत बन गया है यह साप्ताहिक चौपाल। शनिवार की शाम में घंटे-डेढ़ घंटे के लिए यहाँ आना ही आना है। गप-शप करना, सुख-दुख बतियाना और शाम होते अपने-अपने घर लौटना। अलग-अलग वजहों और प्रसंगों के बावजूद इन सबका दुख कमोबेश समान है। यही इन चारों को आपस में जोड़े हुए है। शिवनाथ बाबू और राजाराम महतो गाँव के मिडिल स्कूल और हाई स्कूल में साथ-साथ पढ़े। शिवनाथ बाबू दो क्लास आगे थे। शिवनाथ बाबू के साथ भूमिहार टोले के गोपेश शर्मा भी पढ़ते थे। मैट्रिकुलेशन के बाद गोपेश जी मुजफ्फरपुर चले गए।

पंडित रामदहिन पाठक को छोड़ बाकी तीनों जमीन-जायदाद वाले हैं।

शिवनाथ बाबू ने पिता का कर्तव्य निभाते हुए अपने तीनों बेटों में जमीन का बँटवारा कर दिया ताकि उनके मरने के बाद भाइयों में अनबन न हो। बड़ा बेटा हरिनाथ बड़ी नौकरी में है, फिर भी बेटा है तो उसका हक तो बनता ही है। अब उसका ईमान-धरम। चाहे तो अपने हिस्से की जमीन दोनों भाइयों को दे दे!

मझला बेटा विष्णुकान्त और छोटा बेटा रविकान्त पिता से नाराज थे कि हरिनाथ को क्यों दे रहे हैं जमीन में हिस्सा! भैया तो शानदार नौकरी में हैं। उनके दोनों बेटे अमेरिका में नाना के साथ रहकर पढ़ रहे हैं। दिल्ली में उनका अपना मकान है। वे जमीन लेकर क्या करेंगे?

छोटे बेटे रविकान्त ने कहा, "जरूरत तो हम दोनों भाइयों को है। हमारे पास ले-देकर खेती है। मझले भैया की फुटपाथी नौकरी है शिक्षक वाली—वह भी नियोजित शिक्षक।"

शिवनाथ बाबू ने दोनों बेटों को समझाया, "हरिनाथ गाँव आएगा नहीं। सब तो तुम्हीं दोनों भाइयों का होगा।"

"कैसे नहीं आएँगे भैया? कह रहे थे न कि अपने हिस्से की जमीन बेचना चाहते हैं! मुखिया जी से बात भी हुई थी उनकी!"

"अरे, जमीन बेचने नहीं आएगा हरिनाथ। यों ही कह दिया होगा। क्या कमी है उसको!"

पिता-पुत्रों में इस तल्ख बातचीत के चार महीने बाद ही हरिनाथ अपनी कम्पनी के काम से पटना आया और वहीं से आ गया गाँव। विष्णुकान्त और रविकान्त को आशंका हुई, कहीं जमीन बेचनेवाला मामला तो नहीं है?

आशंका सही निकली। दूसरे दिन सुबह हरिनाथ ने पिता से कहा, "बाबूजी, मेरे हिस्से की जमीन पड़ी है। रिटायर होनेवाला हूँ। चाहता हूँ, जमीन बेच लूँ। फोन से जयनन्दन मुखिया से बात हुई। बोला, ग्राहक मिल रहे हैं। जमीन की कीमत भी अच्छी मिलेगी।"

शिवनाथ बाबू और उनके साथ दोनों बेटे विष्णुकान्त और रविकान्त हरिनाथ का चेहरा देखने लगे। दोनों ने पिता की तरफ क्रुद्ध आँखों से देखा मानो उनकी पिछली गलती की याद दिला रहे हों—'आप तो कहते थे, गाँव नहीं आएगा हरिनाथ...?'

शिवनाथ बाबू इस स्थिति को झेल नहीं पाए। दरवाजे से उठकर सामने की सड़क पर टहलने लगे। पचहत्तर पार की लगभग अन्धी हो चुकी माँ सिर पर हाथ रखे कुर्सी पर बैठी थीं। बगल में पिता की खाली हो गई कुर्सी पर बैठने के लिए माँ ने हरिनाथ को बुलाया। माँ को बहुत कम दिखता है। किसी तरह टो-टा कर चल-फिर लेती हैं। उन्होंने पास बैठे बड़े बेटे के चेहरे पर हथेलियाँ इस तरह फेरीं, जैसे हथेलियाँ ही उनकी आँखें हों। बोलीं, "बेटा, सुना कि तुम्हारे दो बेटे हैं! दोनों अमेरिका में नाना के साथ रहकर पढ़ते हैं। यहाँ मझले और छोटकू के बाल-बच्चे गाँव के सरकारी स्कूल में पढ़ते हैं। स्कूल में पढ़ाई-वढ़ाई होती नहीं। समझो, बच्चे दिन काटते हैं। खेती-बाड़ी से सिर्फ घर का खर्च चल जाता है। ऐसे में तुम अपने हिस्से की जमीन बेचने आए हो!"

"मेरा हिस्सा है माँ, जायदाद में। मैं बेच सकता हूँ कि नहीं?"

"बेच तो सकते हो, लेकिन यह अपने भाइयों पर अत्याचार होगा। जमीन भाइयों के लिए छोड़ दोगे तो तुम्हारा नाम-जस फैलेगा।"

हरिनाथ सामने बैठे दोनों भाइयों को देखने लगा, "तुम लोग समझते क्यों नहीं कि मुझे भी पैसे की जरूरत है? आखिर मैं अपने बेटों को क्या देकर जाऊँगा?"

विष्णुकान्त से रहा नहीं गया, "आपको लखपती से करोड़पति बनने की चिन्ता है, यहाँ कमाते-खाते आफत है। बेटा बी.ए. पास कर बेरोजगार है। कोई काम ही नहीं है यहाँ। कुसंगत में पड़ गया है। जिसे आप अपनी जमीन कहते हैं, वह चमरटोली की जमीन है। जानते हैं, क्या हुआ उस जमीन पर? चमरटोली के बटाईदारों ने सिकमी का दावा ठोंक दिया। अगहनी फसल काटकर ले गए। पिछले साल गेहूँ की कटनी के समय जमीन पर ही मार-पीट हुई। मेरे बेटे श्रीनाथ ने बन्दूक चला दी। एक आदमी मारा गया। हरिजन एक्ट में अपने पक्ष के चार आदमी जेल गए। श्रीनाथ आठ महीने जेल में रहा। तीन महीने पहले हाई कोर्ट से जमानत पर छूटकर आया है। यह जमीन आपके हिस्से की थी। जमीन आपकी और मर रहे हैं हम लोग! केस चल रहा है।"

अचानक श्रीनाथ सामने आ गया। आक्रोश में था, "बड़े बाबूजी, मैं आपको ठीक से जानता नहीं हूँ। बस, एक-दो बार आप आए हैं, तभी आपको देखा है। इतना सुन लीजिए बड़े बाबूजी, आप जमीन बेच नहीं सकते। जिन्दा

रहिएगा तभी न जमीन की रजिस्ट्री करने जाइएगा!"

परिवार के सारे लोग सन्न रह गए। स्तब्ध। शिवनाथ सिंह पोते से बोले, "यह क्या बोल रहे हो श्रीनाथ?"

"ठीक बोल रहा हूँ दादाजी! आप बीच में मत पड़िए। सब कुछ इन्हीं को चाहिए? बड़े बाबूजी नहीं देखते हैं कि हमारे परिवार का क्या हाल है? दादी अन्धी हो गईं। हम आँखों के बड़े डॉक्टर के पास नहीं ले जा सके। हम पढ़-लिख नहीं पा रहे हैं और ये आए हैं अपने हिस्से की जमीन बेचने! देखूँ, कौन खरीदता है आपकी जमीन! देखिए बड़े बाबूजी, अगर आप जमीन बेचते हैं तो याद रखिएगा, आप लौटकर नहीं जा पाएँगे।"

...इस पूरी घटना का वृत्तान्त शिवनाथ बाबू ने चौपाल में सुनाया। पंडित रामदहिन पाठक, राजाराम जी और छोटू बाबू शिवनाथ सिंह को देखने लगे।

राजाराम महतो बोले, "आपके पोते श्रीनाथ ने तो कमाल कर दिया शिवनाथ बाबू।"

छोटू बाबू मुस्कराए, "श्रीनाथ ने जैसा व्यवहार किया, वह उद्दंडता का उदाहरण तो लगता है, लेकिन कभी-कभी उद्दंडता जरूरी होती है। एक बात जानते हैं शिवनाथ बाबू, हरिनाथ डरकर क्यों भाग गया? असल में क्या है कि नगरों-महानगरों में रहनेवाले ऐसे सुविधाभोगी लोग बहुत डरपोक होते हैं। अपनी बेइज्जती से इनको डर लगता है। फिर हरिनाथ में नैतिक साहस था कहाँ!"

शिवनाथ बाबू राजाराम महतो की ओर देखते बोले, "आप तो महतो जी, चमरटोली वाली जमीन का मामला जानते ही हैं। छह बीघे का प्लॉट है वह। अभी तो धारा एक सौ चौवालीस लगी हुई है। आप ही बताइए महतो जी, जमीन हरिनाथ की और उसे बचाने की कोशिश में मेरा परिवार परेशानी में पड़ गया है। हाई कोर्ट से जमानत लेने में साठ-पैंसठ हजार रुपये खर्च हुए। आगे पता नहीं, कितना खर्च होता है। हरिनाथ को चाहिए था, हमारी मदद करता, उलटे जमीन बेचने की बात करने लगा, बिना यह सोचे कि जब तक जमीन पर एक सौ चौवालीस धारा लगी हुई है, जमीन नहीं बिक सकती।"

"बेमतलब बेइज्जत होकर गया हरिनाथ।" पंडित रामदहिन पाठक बोलते हुए खड़े हो गए।

5

चैत महीने का आखिरी शनिवार है। गर्मी बढ़ गई है। कल सुबह आँधी के साथ बारिश हो गई थी, इस कारण गर्मी कम थी। वैसे यहाँ की शाम सुहानी होती है। नेपाल से सटा इलाका है। गर्मी पड़ती है, लेकिन यहाँ के बाशिन्दे नहीं जानते कि लू लगना किसे कहते हैं। वैशाख शुरू होगा। हरियाली की चादर बिछ जाएगी खेतों में। लोग यों ही नहीं कहते हैं कि पूर्णिया जिला बिहार का दार्जिलिंग है।

आज के बटचौपाल में रामदहिन पाठक नहीं आए। चार में कोई एक नहीं आता है तो बाकी लोग अन्त-अन्त तक इन्तजार करते हैं।

“क्यों नहीं आए पंडीजी?” राजाराम महतो ने पूछा तो छोटू बाबू बोले, “उनका बेटा समरेश दिल्ली से आया है। कोई मामला है बाप-बेटे के बीच। भितरिया बात क्या है, यह तो मुझे नहीं मालूम, लेकिन लगता है, पुराने टिनहा कमरों को हटाकर नये कमरे बनाने की बात है। इसी काम के लिए समरेश पहले भी आया था।”

“यह तो अच्छी बात है।” शिवनाथ बाबू बोले।

“सिर्फ अच्छी बात रहती, वहाँ तक तो ठीक था, सुनने में आया है कि

मामला पेच में फँस गया है।" छोटू बाबू बोलकर मुस्कराए।

शिवनाथ बाबू बोले, "कहीं ऐसा तो नहीं कि समरेश की योजना में उसके तीन भाई अड़ंगा बन रहे हों? तीनों कहाँ हैं, क्या करते हैं, इसका पता समरेश को हो तो हो, पाठक जी को तो बिलकुल नहीं है।"

आज के बटचौपाल में पाठक जी केन्द्र में रहे। राजाराम महतो छोटू बाबू को देखते हुए कहने लगे, "पहले बड़ी-बूढ़ियाँ आशीर्वाद देती थीं—दूधो नहाओ, पूतों फलो! अब पाठक जी को देखिए! चार बेटे—तीन का पता ही नहीं, वे कहाँ हैं। अब सुनिए एक घटना। मिथिला विश्वविद्यालय में मेरा एक ममेरा भाई प्रोफेसर है। उसने अर्थशास्त्र विभाग के एक नामी-गिरामी प्रोफेसर के बारे में बताया था। पूरा नाम याद नहीं है। उपाध्याय जी थे कोई। खूब चलती-बनती थी उनकी विश्वविद्यालय में। कुछ दिन वी.सी. भी रहे। उनके चार बेटे, एक बेटी। बेटी अपनी ससुराल गई। चारों बेटों ने बी.ए., एम.ए., एम.एस-सी. वगैरह किये। चारों बेरोजगार। सबसे छोटा बेटा उपाध्याय जी को कुछ ज्यादा ही प्रिय था। उपाध्याय जी की अपनी पत्नी से कभी 'बनी' नहीं। बेटे बेरोजगारी झेल रहे थे। किसी की शादी नहीं हो रही थी। बड़े बेटे को वे अपनी पत्नी का जासूस कहते थे।

"दरभंगा में राजसरोवर है न, उसी सरोवर के किनारे उन्होंने मकान बनवाया था। मकान उन्होंने छोटे बेटे के नाम लिख दिया था। इस बात का पता जब अन्य तीन भाइयों को चला, तब भारी हंगामा किया तीनों ने। हंगामे के केन्द्र में उपाध्याय जी की एक सुन्दर शिष्या भी थी जो किसी कॉलेज में व्याख्याता थी। शिष्या जब आती, तीनों बेटे विरोध करते। कभी-कभी हंगामा इतना बढ़ जाता कि सरोवर कॉलोनी के कुछ प्रोफेसर उपाध्याय जी के दरवाजे पर आ जाते।

"कार्यकाल में ही उपाध्याय जी की मृत्यु हुई। उनकी मृत्यु उनके जीवन से भी ज्यादा उलझी हुई थी। उपाध्याय जी की मृत्यु की खबर मेरे ममेरे भाई को लगी तो वह भी अन्तिम दर्शन के लिए दरवाजे पर पहुँचा। भारी भीड़ थी वहाँ। लाश बरामदे में रखी थी। चारों बेटों में महाभारत मचा था। लाश अरथी पर रखी गई, चारों बेटों में हाथापाई-मारपीट चलती रही। बड़ा बेटा पिता की

अलमारियों में कुछ ढूँढ़ रहा था। बाकी तीन भी वहाँ पहुँच गए। एक बेटा अरथी पर रखी लाश के पास गया और लाश के अँगूठे से कागज पर निशान ले लिया। लोगों ने बेटों को समझाया-बुझाया। अब सवाल था, लाश का दाह-संस्कार कहाँ किया जाए। दो बेटे लाश को अपने गाँव ले जाना चाहते थे। अरथी को दो बेटे इधर ले जाते, दो बेटे उधर। आखिर पुलिस को बुलाना पड़ा। दारोगा हैरान था। एक विद्वान की लाश की ऐसी फजीहत!

"आखिर लाश को स्थानीय श्मशान कबराघाट ले जाया गया। मुखाग्नि को लेकर भी चारों बेटों में धक्का-मुक्की हुई। कैमरा मैन का कैमरा छीना गया।"

अपने ममेरे भाई की सुनाई यह घटना राजाराम जी ने बटचौपाल में सुनाई। छोटू बाबू बोले, "किसी के चार-चार बेटे हों और सब बेरोजगार हों तो यही होगा।" छोटू बाबू कुछ याद करते हुए कहने लगे, "अपने इसी गाँव के थे न बाबू रतन सिंह! छपरा कलेक्टेरिएट में बड़ा बाबू थे। रिटायर होकर गाँव आए।" छोटू बाबू ने शिवनाथ बाबू की तरफ देखा, "क्या शिवनाथ बाबू, रतन सिंह तो आपके पड़ोसी ही थे! आप तो मुझसे ज्यादा जानते होंगे! कुछ ही साल पहले मरे हैं रतन सिंह। उनकी लाश की भी कम दुर्गति की थी बेटों ने! रतन सिंह के तीन बेटे। बड़ा बेटा टिस्को में इंजीनियर। मझला रतन सिंह के साथ रहता था। रतन सिंह के अनुसार 'एकदम गऊ समान बा।' मझला गऊ समान था तो सबसे छोटा जो एक किलोमीटर दूर कामत (कचहरी) पर रहता था, वह जंगली साँड़ था। रतन सिंह ने तीनों बेटों में जमीन-मकान का बँटवारा कर दिया था। छोटे बेटे का आरोप था कि रिटायर होने के बाद लाखों रुपये पिता को मिले हैं, उसमें मुझे हिस्सा क्यों नहीं मिला? वह लाखों की कमाई कहाँ है?

"रतन बाबू की सारी जमीन एक किलोमीटर दूर नाथपुर में थी—'थी' क्या, अभी होगी भी। वहाँ कामत थी। रतन सिंह खेती-बाड़ी देखने वहाँ जाते। वहीं कामत का छोटा-सा मकान मिला था छोटे बेटे को। उसका परिवार भी वहीं रहता था। दो बच्चे थे। रतन सिंह कामत पर जाते तो बेटा-बहू पानी तक नहीं देते थे। अपने दोनों बच्चों को छोटे बेटे ने सिखा रखा था कि बुढ़ऊ जब आएँ, तुम लोग उनको 'कुत्ता दादा' कहकर पुकारना—ये कुत्ता दादा!

"ये सारी बातें रतन सिंह ने खुद सुनाई थीं।"

"'कुत्ता दादा' सुनकर रतन सिंह पर क्या गुजरती होगी, इसको महसूस किया जा सकता है। एक दिन बोलते-बोलते वे रो पड़े, 'क्या कहूँ छोटू बाबू, चन्द्रशेखर मेरे घर आकर हंगामा करता है। अपनी माँ को पीटता है। माँ के गले से चेन निकाल ली। मैं बचाने गया तो मेरे साथ धक्का-मुक्की की। मेरी कलाई से घड़ी खींच ली।'"

महतो जी को आघात-सा लगा। बोले, "नालायक बेटे सिर्फ वे ही नहीं होते जो ऊँचे पदों पर पहुँचते हैं और माँ-बाप, घर-परिवार, सर-समाज को भूल अपने में मस्त रहते हैं। जो बेटे माँ-बाप के साथ रहते हैं, कुछ को छोड़ दीजिए, वही कौन-से श्रवण कुमार होते हैं?"

शिवनाथ बाबू ने दोनों पक्षों पर आरोप मढ़े, "सुनिए महतो जी, वह कहावत है न—कुछ लोहे का दोख, कुछ लुहार का।"

छोटू बाबू ने सरलीकरण करते हुए निष्कर्ष-वाक्य कहा, "कबीरदास कहिन हैं न—ऊँचे चढ़ि-चढ़ि देखा, सब घर एक्के लेखा। कहने को ऊँचे खानदान के हैं, ऊँची जाति के हैं, मगर करनी पतित की।"

आज का बटचौपाल इसी तरह गुजरा। न मौसम की बात हुई, न अपने सुख-दुख की। लौटते हुए सब चुप थे, जैसे चौपाल से नहीं, श्मशान से लौट रहे हों!

6

आज के बटचौपाल में राजाराम महतो को छोड़ बाकी तीन उपस्थित थे। बातचीत के केन्द्र में पाठक जी आ गए। वजह थी उनके बेटे समर का आना और दो दिन बाद दिल्ली लौट जाना। किराये के चार कमरे बनाने का काम ठेकेदार को देकर गया है।

"अब आपके अच्छे दिन आ गए पाठक जी!" छोटू बाबू मुस्कराते हुए बोले, "किराये के नये कमरे बन जाएँगे तो आपको चौगुना-पँचगुना किराया आएगा।"

पाठक जी धीरे से बोले, "वह तो बाद की बात है छोटू बाबू, अभी तो किराया आना बन्द हो गया।"

"समर ने आपको रुपये नहीं दिये हैं?"

"हाँ, मिले हैं दस हजार। इससे क्या होगा?"

"और आपके रहने के लिए जो नया घर बनाने की बात थी, उसका क्या हुआ?"

छोटू बाबू के इस प्रश्न का जवाब देते हुए पाठक जी लड़खड़ा गए, "क्या कहूँ! बोला—पहले किराये का मकान तो बनने दीजिए!"

"मतलब, मामला गड़बड़ है।" शिवनाथ बाबू का कहना था।

छोटू बाबू ने पूछा, "जमीन की रजिस्ट्री तो पिछली बार ही आपने कर दी थी?"

पाठक जी भुनभुनाते हुए बोले, "हाँ, कर दी थी। समर कहता था, जमीन जब तक उसके नाम से नहीं होगी, बैंक से कर्ज नहीं मिलेगा।"

शिवनाथ बाबू मामले की गम्भीरता को समझ रहे थे, "सबसे बड़ी बात यह है कि पाठक जी को जो चार हजार रुपये हर महीने मिलते थे, अब नहीं मिलेंगे। चिन्ता की बात यही है। समर दस हजार देकर गया है। कितने दिन चलेंगे दस हजार? वृद्धावस्था पेंशन भी नहीं मिल रही है छह-सात महीने से। पहले बी.पी.एल. में सब्सिडी रेट पर चावल मिलता था, देखता हूँ, वह भी बन्द है।"

"दवा-दारू का भी खर्च है न छोटू बाबू!" पाठक जी सामने कोका नदी के बलुआही किनारों को देखने लगे।

तभी पहुँच गए राजाराम महतो। सबने लगभग एक साथ कहा, "आइए-आइए महतो जी! कहाँ अटक गए थे?"

छोटू बाबू ने पूछा, "क्या समाचार लाए हैं गाँव-घर का?"

राजाराम महतो ने उत्तर देने की जगह प्रतिप्रश्न किया, "चन्द्रानन शर्मा को जानते हैं—प्रोफेसर चन्द्रानन शर्मा?"

"कौन चन्द्रानन शर्मा?" शिवनाथ बाबू ऊपर बरगद की झंखाड़ डालियों को देखने लगे। कुछ याद करते हुए पूछा, "कहीं आप भूमिहार टोले के चन्द्रानन शर्मा की बात तो नहीं कर रहे जिन्होंने मुजफ्फरपुर में दूसरी शादी कर ली और गाँव कभी नहीं लौटे?"

"हाँ, वही। वही चन्द्रानन शर्मा।"

"क्या हुआ उनका?"

शिवनाथ बाबू के इस प्रश्न पर सब उत्तर की जिज्ञासा में राजाराम महतो का चेहरा देखने लगे।

भूमिहार टोला शिवनाथ बाबू की रजपुताही से सटा हुआ है। शिवनाथ बाबू उस टोले के एक-एक व्यक्ति को जानते हैं।

छोटू बाबू ने पूछा, "बात क्या है महतो जी! अचानक कहाँ से आ गया यह प्रसंग?"

पाठक जी कुछ याद करते हुए बोले, "याद आ रहा है उनका चेहरा। उमर तो उनकी भी साठ-पैंसठ की हो गई होगी! आपने चन्द्रानन शर्मा की बात शुरू की है, आप ही बताइए, क्या हुआ है।"

महतो जी कहने लगे, "कल फारबिसगंज गया था। लौटते समय रेलवे स्टेशन पर रणधीर से मुलाकात हो गई। हम सब एक ही साथ गाँव लौट रहे थे। रणधीर के साथ पैंट-शर्ट पहने एक बूढ़े-से व्यक्ति थे। बलराम यादव भी थे। मैंने रणधीर से पूछा, 'ये तुम्हारे साथ कौन हैं? यह बैग-अटैची! कहीं से आ रहे हो क्या?' रणधीर कुछ क्षण चुप रहा। फिर धीरे से बोला, 'नहीं पहचानते हैं? मेरे पापा हैं।'

"'अच्छा, प्रोफेसर चन्द्रानन शर्मा? वर्षों बाद देख रहा हूँ इनको।'

"रणधीर मुझे प्लेटफार्म की दूसरी तरफ ले गया। गाड़ी आई नहीं थी। धीरे से बोला, 'पापा को लाने गया था मुजफ्फरपुर। बलराम चाचा को साथ कर लिया था। ये स्कूल में पापा के साथी थे। दोनों में दोस्ती थी। इनसे जब-तब पापा की बात होती रहती थी फोन पर। बलराम चाचा को कुछ दिन पहले मुजफ्फरपुर से गोपेश शर्मा का जो वहीं किसी हाई स्कूल में शिक्षक थे, फोन आया कि पापा का दिमाग फिर गया है, कोई देखनेवाला नहीं है, यहाँ से ले जाइए। घर में माँ से कहा कि ऐसी-ऐसी बात है। मैं तो उनको लाना नहीं चाहता था। माँ ने जिद पकड़ ली, खाना-पीना छोड़ दिया।'

"सहरसा लोकल आ गई थी। हम सब गाड़ी में बैठे। मैं चन्द्रानन बाबू की बगल में बैठा था। पूछा, 'चन्द्रानन बाबू, पहचानते हैं मुझे?'

"'हाँ।'

"'क्या नाम है मेरा?' वे मुझे गौर से देखने लगे। उनकी आँखें सामान्य-जैसी नहीं लगीं। भौंहें चढ़ी हुई थीं। वे एकटक मुझे देख रहे थे। मैंने अपनी यहाँ की बोली में पूछा, 'चीन्है छऽ?' उन्होंने धीरे से जवाब दिया, 'राजाराम बाबू!'

"'आप तो बिलकुल भूल ही गए हम लोगों को चन्द्रानन बाबू!'

"मेरी इस बात पर वे कुछ बोले नहीं...।

"मुजफ्फरपुर ज्यादा दूर नहीं है यहाँ से। समस्तीपुर में गाड़ी बदलनी पड़ती है। इस गाँव के दो-तीन लोग काफी पहले से वहाँ रहते हैं। एक तो बालू के ठेकेदार राम सिंह हैं। दूसरे मास्टर साहब हैं गोपेश शर्मा, जो सर्वोदय हाई स्कूल में विज्ञान-शिक्षक थे, अब रिटायर हो चुके हैं। जब-तब गाँव आते हैं। जमीन-जायदाद है उनकी यहाँ। यहीं के स्कूल से मैट्रिक पास किया था। बलराम यादव से उनकी चिट्ठी-पत्री होती थी। इस बार बलराम यादव को ही उनका फोन मिला कि चन्द्रानन शर्मा का माथा फिर गया है, ले जाइए। यहाँ उनके परिवार में कोई नहीं हैं।"

छोटू बाबू ने पूछा, "लगता है, बीस-पच्चीस साल बाद गाँव आए हैं चन्द्रानन शर्मा।"

"आए कहाँ हैं, लाए गए हैं। रणधीर बलराम यादव को साथ लेकर उनको लाने गया था।" राजाराम जी बोले।

शिवनाथ बाबू मुस्कराए, "ये जो प्रोफेसर साहब हैं, समझिए, ये भी समरेश पाठक ही हैं। वर्षों बाद गाँव आए हैं।"

राजगंज-मधुरा के लोग ही नहीं, इलाके के पुराने कई लोग जानते हैं चन्द्रानन शर्मा को। यह भी जानते हैं कि कैसे उन्होंने मुजफ्फरपुर के एक धनी ट्रांसपोर्टर की पुत्री से शादी की। सूत्र तो जुड़े हुए थे न मुजफ्फरपुर से! बालू ठेकेदार यहीं के थे, गोपेश शर्मा तो भूमिहार टोले के ही थे। सारा वृत्तान्त गोपेश शर्मा ने सुनाया था। राँची से हिन्दी में पी-एच.डी. करके चन्द्रानन बाबू मुजफ्फरपुर के एक नामी कॉलेज में व्याख्याता बनकर गए थे। शुरू-शुरू में वे गोपेश शर्मा के यहाँ महीने-डेढ़ महीने रहे। गोपेश शर्मा ने ही ट्रांसपोर्टर बलवन्त सिंह से चन्द्रानन बाबू का परिचय कराया। बलवन्त सिंह की एकमात्र पुत्री अनामिका हिन्दी ऑनर्स लेकर बी.ए. कर रही थी। उनको ऐसे ट्यूटर की जरूरत थी जो घर आकर पढ़ा सके। संयोग से अपनी ही बिरादरी के मिल गए प्रोफेसर चन्द्रानन शर्मा। बाद में बलवन्त सिंह के बड़े-से मकान में उनको रहने की जगह भी मिल गई।

प्रोफेसर चन्द्रानन शर्मा ने यह नहीं बताया कि वे विवाहित हैं और उनका एक पुत्र भी है। अनामिका को पढ़ाते-पढ़ाते उनकी निकटता बढ़ी और मामला

शादी तक पहुँच गया। बलवन्त सिंह को कोई पुत्र नहीं था। एक यही पुत्री थी अनामिका। पुकारने का नाम अन्नो।...अन्नो! अनामिका सिंह।

शादी होने के बाद बलवन्त सिंह को चन्द्रानन शर्मा के विवाहित होने का पता चला। बलवन्त सिंह किसी भी सीमा तक जा सकते थे। अनामिका ने पिता को धमकी दी—यदि कुछ भी प्रोफेसर साहब के विरुद्ध किया गया तो वे जहर खा लेंगी...।

ये सारी बातें हाई स्कूल के शिक्षक गोपेश शर्मा के माध्यम से लोगों तक पहुँचीं।

बलवन्त बाबू ने सब भूल-भालकर अपने दो नातियों और एक नातिन को सर्वोत्तम शिक्षा देने में कुछ उठा नहीं रखा। एक प्रोफेसर की हैसियत नहीं थी कि आरम्भिक शिक्षा के लिए अपने दो बेटों और एक बेटी को देहरादून भेजते।

आज प्रोफेसर चन्द्रानन शर्मा के दो बेटे अमेरिका में हैं। बेटी लन्दन में डॉक्टर है...।

बटचौपाल में यही चर्चा होती रही। शिवनाथ बाबू ने बलराम यादव के हवाले से बताया कि चन्द्रानन बाबू न कभी अमेरिका बेटों के पास गए, न लन्दन अपनी बेटी के पास। बेटी वन्दना ने किसी बंगाली डॉक्टर से शादी की। इसी तरह बड़े बेटे राजेश और उससे छोटे मिथिलेश ने भी अपनी मर्जी से शादी की। राजेश कैलिफोर्निया में सॉफ्टवेयर इंजीनियर है। मिथिलेश टेक्सास में किसी अमेरिकी कम्पनी में काम करता है।

नाना बलवन्त सिंह और माता-पिता का अरमान ही रह गया कि किसी सन्तान की शादी कराते।

छोटू बाबू ने पूछा, "महतो जी, यह बताइए कि चन्द्रानन बाबू की दूसरी पत्नी उनके साथ थी तो क्यों कहा गया कि चन्द्रानन बाबू अकेले थे?"

"पत्नी साथ नहीं थी लम्बे समय से। बेटी वन्दना ने माँ को यह कहकर लन्दन बुलाया कि उसकी 'डिलीवरी' होनेवाली है। पासपोर्ट, वीसा आदि की व्यवस्था वन्दना के देवर ने की। देवर पटना में रहते हैं। गांधी मैदान के पास उनका पासपोर्ट दफ्तर है।"

लन्दन में वन्दना के साथ रह रही माँ को कैलिफोर्निया में रहनेवाले बड़े बेटे राजेश ने अपने पास बुला लिया। वीसा आदि की व्यवस्था राजेश ने की। राजेश की पत्नी की 'डिलीवरी' थी। ढाई साल माँ वहीं रही। फिर दूसरे बेटे मिथिलेश ने माँ को अपने पास टेक्सास बुला लिया। उसका भी माँ पर हक था और उसे भी घर के काम-काज के लिए माँ की जरूरत थी।

छोटू बाबू स्वगत कथन की शैली में बोले, "बेटी-बेटों ने माँ को अपने पास बुला लिया, पिता को नहीं पूछा।"

शिवनाथ बाबू बोले, "पिता की क्या जरूरत थी बेटी को या बेटों को? क्या काम कर सकते थे वहाँ चन्द्रानन बाबू? माँ तो मुफ्त की नौकरानी थी। ऐसी नौकरानी कहाँ मिल सकती थी—बिना पैसे की विश्वसनीय नौकरानी! माँ के पास फोन भी नहीं था। बेटा राजेश या मिथिलेश कभी-कभार पिता से माँ की बात करवा देते। माँ रोने लगती।

राजाराम महतो बोले, "मतलब यह कि दोनों बेटों ने माँ को कैद कर रखा था। माँ छटपटाती थी पति के लिए। मिथिलेश कहता, 'पापा मजे में हैं माँ।'"

शिवनाथ बाबू बोले, "जब मुफ्त की नौकरानी मिल गई थी तो क्यों छोड़ते माँ को!" इस पूरे प्रसंग को समेटते हुए शिवनाथ बाबू ने कहा, "इसी बीच चन्द्रानन बाबू का दिमाग खराब हुआ होगा। कॉलेज से रिटायर भी हो गए थे। एक नौकरानी थी। उनका खाना-वाना बनाती थी। झाड़ू-पोंछा करती थी। पिछले साल गोपेश शर्मा गाँव आए थे। उन्होंने बताया था—चन्द्रानन बाबू का मकान ऐसा लगता है, जैसे इसमें कोई नहीं रहता! एकदम सुनसान-वीरान। चारों तरफ जंगली झाड़ियाँ फैली हुई हैं। दरकी दीवारों पर पीपल-बरगद के पौधे उग आए हैं। उसी भुतहा-जैसे मकान में अकेले, बिलकुल अकेले रहते हैं चन्द्रानन बाबू।"

"सोचिए, जिनके दो बेटे अमेरिका में हों, बेटी लन्दन में डॉक्टर हो, उनके पिता का यह हाल है! आदमी पागल नहीं होगा तो क्या होगा?" छोटू बाबू ने यह बात जैसे स्वयं से कही।

बटचौपाल आज कुछ ज्यादा देर तक चला। शाम हो गई। अब सवाल

लौटने का था। सबसे ज्यादा दिक्कत होती है पाठक जी को। छोटू बाबू ने पाठक जी से कहा, "मैं आपको घर तक पहुँचा दूँगा पाठक जी।"

शिवनाथ बाबू को लेने उनका पोता बाइक लेकर आ गया था। परेशानी थी तो राजाराम महतो को। इधर वे कुछ ज्यादा ही परेशान हैं। डॉक्टर ने हार्ट की बीमारी बताई है। बाईं बाँह में दर्द रहता है, कभी-कभी सीने में भी दर्द महसूस होता है, ब्लड प्रेशर हाई रहता है। चलते-चलते बेचैनी होने लगती है।

छोटू बाबू ने राजाराम जी से कहा, "महतो जी, तिकोनियाँ मोड़ पर रिक्शा मिल जाएगा। पैसे मत बचाइएगा। रिक्शे से घर जाइएगा।"

7

उतरते आषाढ़ के आखिरी शनिवार को बटचौपाल में पंडित रामदहिन पाठक नहीं आ सके। आषाढ़ व्यतीत होने को है। आर्द्रा नक्षत्र में तो बूँदा-बाँदी भर हुई, लेकिन रोहिणी में अच्छी बारिश हुई है। ऐसे समय में किसानों की जड़ता टूटती है। सब हड़बड़ी में रहते हैं। धनरोपनी का समय रहता है। मजदूरों के लिए किसानों में मारा-मारी तक हो जाती है। गाँव के नौजवान मजदूर तो परदेस कमाने चले जाते हैं—पंजाब, हरियाणा, जम्मू-कश्मीर, जाने कहाँ-कहाँ! जो गाँव में रह जाते हैं, उनके बारह नखरे। उनके परिवारों में जो नई-नवेली होती हैं, वे खेतों में मजदूरी करने नहीं जातीं। पहले से जो मजदूरी करती आ रही हैं, बस वही जाती हैं रोपनी-डोभनी करने। वह भी कितनी खुशामद-बरामद करने पर। इन्हीं मजदूरों को लेकर किसानों में होड़ लगती है। कदवा किये खेतों में यदि अगले दिन रोपनी न हो तो पानी सूख जाता है, फिर ताकते रहो आसमान!

बरगद के चबूतरे को सीताराम चौरसिया का नौकर बनारसी बुहार चुका था। राजाराम महतो ने आकाश में खंड-खंड बादलों को देखते हुए कहा, "अब मौसम भी पहले जैसे नहीं रहे। देखते हैं न छोटू बाबू, अब पहले जैसी बारिश होती है? दगाबाज हो गए दिन-समय।"

छोटू बाबू अपने इन साथियों में सबसे ज्यादा पढ़े-लिखे हैं। सर्किल इंस्पेक्टर के पद से रिटायर हैं। इनकी ज्ञान की बातें बटचौपाल में गौर से सुनी जाती हैं। छोटू बाबू ने महतो जी से कहा, "यह सब पर्यावरण में असन्तुलन के कारण है महतो जी! ग्लोबल वार्मिंग कारण है। जलवायु परिवर्तन भी इसी ग्लोबल वार्मिंग के कारण होता है।"

शिवनाथ बाबू ने आकाश में बहुत नीचे से भागते उजले-भूरे बादलों को देखते हुए कहा, "भोगेगी अगली पीढ़ी। हमारा क्या है, हम तो विदा होनेवाले हैं!"

छोटू बाबू ने हँसते हुए सहमति जताई। साहित्यिक भाषा में बोले, "हम चारों की जीवन-कथा का यह अन्तिम अध्याय है और इसी अन्तिम अध्याय में सारी दुर्गति होती है : 'सर्वं दुक्खम्-सर्वं दुक्खम्।'" गम्भीर मुद्रा में बोलने लगे, "यही दुर्गति है प्रोफेसर चन्द्रानन शर्मा की। परसों उनको देखने गया था।"

राजाराम महतो ने पूछा, "आपको पहचाना चन्द्रानन बाबू ने?"

छोटू बाबू का जवाब था, "नहीं पहचाना शुरू में। सिर्फ एकटक मुझे देखते रहे। फिर बोले, 'छोटू मल्लिक हैं आप।' वे एकटक देखते हैं और देर से पहचानते हैं, यही पागलपन है। उनसे बातचीत हुई। ऐसा नहीं लगा कि पागल हैं। मैंने रणधीर से बाद में पूछा भी, 'ये तो पागल नहीं लगते हैं!' रणधीर विषादपूर्ण हँसी हँसता बोला था, 'कभी-कभी एकदम ठीक दिखाई पड़ेंगे, लेकिन रात में छत पर जाकर पुकारते हैं—अन्नो! अन्नो!!—राजेश... मिथिलेश। हम लोगों ने इनकी पुकार से ही जाना कि इनकी बेटी का नाम वन्दना है और दोनों बेटों के नाम राजेश और मिथिलेश हैं। लगातार पुकारते रहते हैं सुनसान रात में! देखने से लगता है, सामान्य हैं, लेकिन कब किधर निकल जाएँगे, पता नहीं। पूछने पर कहेंगे—खोजने गया था।—क्या खोजने गए थे? जवाब देंगे—खोजने गया था।—क्या खोजने गए थे?—खोजने गया था।

"'पता चला, मुजफ्फरपुर में इसी खोज में भटक गए थे। रात में लौटे ही नहीं। नौकरानी ने पड़ोसी प्रोफेसर को बताया। पुलिस पहुँचा गई। पाँच-छह महीने से यही चल रहा है। कुछ प्रोफेसरों ने सर्वोदय हाई स्कूल के शिक्षक रह चुके गोपेश शर्मा से सम्पर्क किया। लोग जानते हैं कि गोपेश शर्मा पापा के गाँव के हैं। गोपेश शर्मा ने बलराम चाचा को फोन किया। फिर बलराम

चाचा मेरे घर आए। माँ को सारी बातें बताईं। मैं तो पापा को ज्यादा जानता नहीं था। सिर्फ इतना जानता था कि पापा ने दूसरी शादी की और फिर कभी गाँव नहीं आए। मैंने माँ से कहा, 'इनकी करनी' का फल इन्हें भोगने दो माँ! बलराम चाचा फिर आए मेरे घर। माँ से बातचीत हुई। माँ ने जिद पकड़ ली—ले आओ बेटा, अपने पापा को ले आओ...।'"

छोटू बाबू ने राजाराम महतो से कहा, "अच्छा किया रणधीर ने। पिता को ले आया, नहीं तो कौन देखभाल करता उनकी? कहीं निकल जाते, मर जाते।"

राजाराम जी ने रणधीर का हवाला देते हुए एक ऐसी बात कही जिसकी उम्मीद नहीं की जा सकती थी।

"रणधीर ने बताया कि जब वह मुजफ्फरपुर पिता को लाने गया था, उसकी बातचीत पड़ोस के प्रोफेसर टी.के. झा से हुई। प्रोफेसर झा ने चन्द्रानन शर्मा के विषय में, उनके दिमाग खराब होने के विषय में विस्तार से बताया। सुनसान रात में वे पत्नी और बेटी-बेटों के नाम लेकर पुकारते हैं। आस-पड़ोस के लोग उनके दरवाजे पर जमा हो जाते हैं। फिर कोई छत पर जाता है और चन्द्रानन बाबू को नीचे कमरे में ले आता है...।

"रणधीर ने बताया कि मुजफ्फरपुर में उनके पड़ोसी प्रोफेसर टी.के. झा ने उससे पूछा, "'अच्छा, रणधीर जी, ये बताइए कि दमयन्ती कौन है?'

"'दमयन्ती मेरी माँ का नाम है। क्यों, क्या हुआ? क्यों पूछ रहे हैं?'

"'इसलिए पूछ रहा हूँ कि चन्द्रानन बाबू इधर महीने-भर से दमयन्ती-दमयन्ती पुकारने लगे हैं। हम लोग चकित थे कि यह दमयन्ती कहाँ से आ गई।'

"'दमयन्ती मेरी माँ का नाम है।' रणधीर की धारणा जो पिता के प्रति थी, वह थोड़ी चरमराई। 'पापा मेरी माँ का नाम क्यों ले रहे थे? प्रोफेसर झा कहते हैं—इधर महीने-भर से वे यह नाम ले रहे हैं।'"

शिवनाथ बाबू बोले, "राजाराम जी, इससे तो यही लगता है कि चन्द्रानन बाबू के मन में, कहीं बहुत गहराई में रणधीर की माँ बैठी हुई है!"

"बस इसी एक घटना ने रणधीर की पापा के प्रति धारणा बदल दी। माँ से भी उसने इसकी चर्चा की। भरी-भरी आँखों को आँचल से पोंछती माँ बोली, 'बेटा, ले आओ पापा को।' माँ ने खाना-पीना छोड़ दिया, 'जब तक अपने

पापा को नहीं ले आओगे, मैं अन्न-जल ग्रहण नहीं करूँगी।'"

"जानते हैं शिवनाथ बाबू, मुझे क्या लगता है? चन्द्रानन बाबू की चेतना में या शायद अवचेतन में उनकी पहली पत्नी बसी हुई हैं। जब वे अपनी दूसरी पत्नी और बेटे-बेटी को पुकारकर थक गए, तब आखिरी सहारे के रूप में अपनी पहली पत्नी को पुकारा होगा। ऐसा मैं सोचता हूँ।"

छोटू बाबू के इस विश्लेषण पर शिवनाथ बाबू ने स्वीकृति में सिर ऊपर-नीचे हिलाया।

राजाराम महतो बोले, "मुझे भी ऐसा ही लगता है।"

छोटू बाबू ने कहा, "परसों जब मैं चन्द्रानन बाबू से मिला, मुझे कई नई सूचनाएँ मिलीं। मैंने उनसे पूछा, 'प्रोफेसर साहब, कैसे हैं आप?' चन्द्रानन बाबू 'ठीक हूँ' कहकर बरामदे वाले कमरे में चले गए। रणधीर की तरफ देखते हुए मैंने कहा, 'ये तो ठीक दिखाई पड़ते हैं।' रणधीर कहने लगा, 'ठीक क्या रहेंगे! कल रात छत पर चले गए। आधी रात का समय रहा होगा। जोर-जोर से पुकारने लगे—अन्नो! अन्नो! बेटी और बेटों के नाम लेकर चीख रहे थे। पड़ोस के कृष्णदेव चाचा, उनका पूरा परिवार सब एकत्र हो गए। मैं उनको छत से नीचे ले आया उनके कमरे में। बिछावन पर लिटा दिया। सुबह हम सब जगे तो देखा, कमरे में नहीं हैं। इधर-उधर खोजा गया, नहीं मिले। आखिर साइकिल से उनको खोजने निकला। पुरानी मस्जिद के पास मिले। मैंने कहा, आप बिना कुछ कहे, क्यों निकल आए? कहाँ जा रहे हैं?

'खोजने!'

'क्या खोजने?'

'खोजने!'

"'मैंने इनको डाँटते हुए कहा, चलिए मेरे साथ। यहाँ दरवाजे पर गाँव के लोग औरतें, बच्चे एकत्र हो गए थे। तरह-तरह की बातें कर रहे थे। पापा नॉर्मल दिख रहे थे। लैट्रिन गए, मुँह धोया, नाश्ता किया।'"

रणधीर की बातों का उल्लेख करते हुए छोटू बाबू बोले, "चन्द्रानन बाबू जिस कमरे में कुर्सी पर बैठे थे, मैं उस कमरे में गया। कमरे की पूरब वाली दीवार में रैक बने हुए हैं। रैक में कुछ किताबें, कुछ नोटबुक और लाल कपड़े

में बँधे कुछ बंडल थे। चन्द्रानन बाबू बाथरूम चले गए थे। बाथरूम पिछवाड़े के एक कोने में था। कमरे में मैं था और रणधीर था।

"'ये किताबें वगैरह तुम्हारी हैं?' रणधीर से पूछा।

"'नहीं चाचाजी, मेरी नहीं हैं। मुझे फुर्सत कहाँ है पढ़ने-लिखने की! वह तो बगल में कॉलेज था कि जैसे-तैसे बी.ए. कर लिया। किताबें, कॉपियाँ, रजिस्टर वगैरह पापा के हैं। माँ इन्हें पता नहीं क्यों, सँजोकर रखे हुई है। इनमें पापा की एम.ए. की किताबें हैं, नोटबुक हैं, बंडल में पता नहीं, क्या है। हर दो-चार महीने पर माँ इन्हें झाड़ती-पोंछती है और अलमारी में रख देती है। माँ एक डायरी दिखाकर कहती थी कि इसमें मेरे पापा की कविताएँ हैं।'

"'तुम्हारी माँ कहाँ तक पढ़ी-लिखी हैं?' मुझे आश्चर्य हो रहा था। जो पति घर को, परिवार को, पत्नी को भूल गया, कभी एक बार हालचाल पूछने भी नहीं आया, उसकी रचनाओं को रणधीर की माँ सँजोकर रखे हुई हैं?

"रणधीर ने कहा, 'बड़े मामा कहते थे, माँ दसवीं श्रेणी में पढ़ती थी, तभी शादी हो गई। दो साल बाद प्राइवेट से मैट्रिक पास किया। बस, इतनी ही पढ़ाई है माँ की।'

"'तो तुम्हारे पापा कवि थे?'

"'माँ कहती है। एक बार पीले पन्नों वाली उनकी डायरी दिखाती माँ बोली थी—देखो, तुम्हारे पापा का पूरा नाम चन्द्रानन शर्मा 'चकोर' था। वह डायरी भरी हुई थी। माँ ने मुझे दिखाया—देखो, 'यशोधरा' है यह। नीचे लिखा है—खंडकाव्य। यह मैथिलीशरण गुप्त वाली 'यशोधरा' नहीं है, तुम्हारे पापा की 'यशोधरा' है। देखो, दो पंक्तियाँ हैं इस 'यशोधरा' की :

जब तक यशोधरा हुई नहीं थी उनकी
तब तक ऐसी थी साँझ कहाँ फागुन की!

"'अरे वाह!' मैं बाग-बाग हो गया।

"रणधीर ने बताया, 'पापा जब से आए हैं, इस डायरी को और पुराने रजिस्टरों को उलटते-पलटते रहते हैं। माँ दरवाजे पर खड़ी पापा को देखती रहती है।'"

शिवनाथ बाबू और राजाराम महतो ध्यान से छोटू बाबू को सुन रहे थे। शिवनाथ बाबू मुस्कराते हुए बोले, "रणधीर की माँ तो अद्भुत स्त्री है छोटू बाबू!"

"सच में अद्भुत स्त्री है।" राजाराम महतो सामने के रास्ते को देखने लगे, "कोई दूसरी स्त्री होती तो ऐसे पति का नाम सुनना पसन्द नहीं करती जिसने घर को, परिवार को, पत्नी को त्याग दिया हो, दूसरी शादी कर ली हो! लेकिन रणधीर की माँ अपने पति की यादों को बचाकर रखे हुई है। क्या नाम बताया रणधीर की माँ का?"

"दमयन्ती।"

"अच्छा, दमयन्ती!"

छोटू बाबू बोले, "रणधीर कहता है, उसकी माँ पापा का 'यशोधरा' खंडकाव्य पढ़ती है और शायद सोचती है कि यशोधरा वह स्वयं है।"

शाम हो गई थी। सीताराम चौरसिया का नौकर बनारसी तीन गिलास चाय दे गया था। खाली गिलास बरगद के चबूतरे पर पड़े थे। छोटू बाबू तीनों गिलास चौरसिया की दुकान में रख आए।

पारदर्शी अँधेरा था। शिवनाथ बाबू बोले, "चलें हम लोग!"

8

आज के चौपाल में रामदहिन पाठक फिर शामिल नहीं हुए। शिवनाथ बाबू ने छोटू बाबू से पूछा, "आज पंडीजी फिर नहीं आए!"

छोटू बाबू ने कीचड़-पानी से भरी सड़कों का हवाला देते हुए कहा, "दिक्कत होती है पाठक जी को। परसों गया था उनके घर। वे बनते हुए नये कमरों के सामने बैठे थे। मैंने पूछा, 'क्या पंडित जी, अब तो कमरे लगभग तैयार हो गए हैं, सिर्फ ग्रिलगेट लगाना बाकी है।' पाठक जी बिना बाँह वाली प्लास्टिक की कुर्सी पर बैठे थे। कुर्सी से उठते हुए बोले, 'आइए छोटू बाबू, बैठिए।' एक सीध में बने चारों कमरों को देखते हुए पाठक जी बोले, 'मैं तो सिर्फ देखता हूँ छोटू बाबू कि क्या बन रहा है। कैसे बन रहा है, यह तो ठेकेदार जानता है।' पाठक जी में विचित्र किस्म की तटस्थता थी जो पूर्व के फैसले से मेल नहीं खाती थी। 'अब तो कमरे किराये पर लग जाएँगे?' मेरी बात पर पाठक जी ने या तो ध्यान ही नहीं दिया या टाल गए। फिर कुछ सोचते हुए बोले, 'देखिए क्या होता है! दो किरायेदार तो रोज आते हैं कमरे देखने।'"

"'कौन किरायेदार? किरायेदार तो आप तय करेंगे न?'

"'नहीं, समर किरायेदार तय करके गया है। एक तो सुक्कन साह है जो पहले मेरा किरायेदार था। उसी ने बताया कि समर चार किरायेदारों से एक-एक लाख रुपये एडवांस ले चुका है।'"

शिवनाथ बाबू छोटू बाबू का चेहरा देखने लगे, "पाठक जी का बेटा कोई गहरी चाल तो नहीं चल रहा है? किरायेदारों से एडवांस ले लिये, इसका मतलब तो यह हुआ कि किरायेदार एक लाख एडवांस हर महीने के किराये में 'मिनहा' करेंगे, किराया नहीं देंगे!"

राजाराम महतो बोले, "तब तो पाठक जी को कुछ नहीं मिलेगा!"

शिवनाथ बाबू चिन्तित थे, "पाठक जी खाएँगे कहाँ से, चिन्ता की बात तो यह है। बेटा दस हजार रुपये देकर गया था, वे रुपये तो खर्च हो गए होंगे। वृद्धावस्था पेंशन मिल नहीं रही है कई महीनों से। लोकसभा चुनाव के पहले छह हजार रुपये उनके खाते में आए थे, वे भी शायद खर्च हो गए होंगे। अपनी बीमारी, पत्नी की बीमारी! किसी से माँगना उनकी आदत नहीं है। कैसे जीएँगे आखिर?" शिवनाथ बाबू ने कहा, "कल एक बोरा चावल खरीदकर दे आता हूँ उनको।"

"खरीदकर?" छोटू बाबू ने पूछा, "आप खुद धान उपजाते हैं, अच्छे किसान हैं, फिर खरीदकर?"

शिवनाथ बाबू धीरे से बोले, "परिवार में दो बेटे हैं न! आप क्या सोचते हैं छोटू बाबू, 'मलिकई' रह गई है मेरी? हाँ, कुछ पैसे हैं मेरे पास।"

छोटू बाबू ने कहा, "तब मैं भी डेढ़-दो हजार दूँगा।"

राजाराम महतो बोले, "मैं भी दूँगा। हम लोगों की सहायता से कुछ दिन कट जाएँगे पाठक जी के।"

बूँदा-बाँदी होने लगी तो छोटू बाबू बोले, "चलिए चौरसिया की दुकान में। चाय वहीं पी लेंगे।"

सीताराम चौरसिया को खुशी हुई कि अपने गाँव के तीनों प्रतिष्ठित बुजुर्ग उसकी दुकान में बैठने आए हैं। तीन-चार ग्राहक और थे दुकान में जो बारिश के कारण रुके हुए थे।

दुकान में आने के कारण पाठक जी वाला पिछला प्रसंग छूट गया था।

शिवनाथ बाबू ने एक दूसरा प्रसंग शुरू किया, "आप लोगों को चन्द्रानन बाबू के विषय में कुछ पता है?"

"क्या? फिर पड़ा है दौरा पागलपन का?"

राजाराम महतो ने पूछा तो शिवनाथ बाबू बोले, "दौरा तो आता ही रहता है उनको। कल मैं 'दिसा-मैदान' से लौट रहा था सुबह में। देखा, रणधीर साइकिल से बाजार की तरफ जा रहा है। मैंने पूछा, "क्या रणधीर, इतनी सुबह कहाँ जा रहे हो?"

"'पापा फिर कहीं निकल गए चुपचाप।'

"'कब निकले?'

"'पता नहीं। माँ ने बताया वे कमरे में नहीं हैं। आस-पास भी कहीं नहीं हैं। उन्हीं को खोजने निकला हूँ। चचेरे भाई दूसरी दिशाओं में गए हैं।'

"रणधीर बात कर ही रहा था कि उसका मोबाइल फोन बजा। उसने मुझसे कहा, 'मिल गए। महेन्द्र भैया का फोन था। रेलवे प्लेटफार्म पर बेंच पर बैठे हुए थे।'

"मैंने सलाह दी, 'रणधीर, अपने पापा को राँची ले जाओ—काँके मेंटल हॉस्पिटल।' रणधीर के चेहरे पर चिन्ता दिख रही थी, 'चाचा जी, माँ भी कई दिनों से यही बात कह रही है, लेकिन पैसा भी हो, तब न! घर की हालत क्या है, यह तो आप लोग भी जानते ही हैं।'

"फिर मैंने रास्ता सुझाया, 'देखो, चन्द्रानन बाबू प्रोफेसर-पद से रिटायर हुए हैं। पेंशन मिलती ही होगी। इनके बैंक खाते में पी.एफ. ग्रैच्यूटी वगैरह के लाखों रुपये होंगे। उनके खाते से पैसे निकलवाओ और इलाज कराओ।'

"रणधीर कहने लगा, 'यह चर्चा परिवार में हुई थी चाचाजी। जानते हैं, माँ ने क्या कहा? बोली—'उनका एक पैसा नहीं छूना है बेटा, एक पैसा नहीं। मैं माँ की बात काट नहीं सकता।'

"'तो फिर कैसे क्या करोगे?'

"'माँ ने कहा कि उसके पास गहने हैं, बेच दो। पैसे कम पड़ें तो एक बीघा जमीन सूदभरना पर दे दो।...अब आप ही सोचिए चाचाजी, खेत में धनरोपनी हुई है हाल ही में। कैसे दे दूँ सूदभरना पर? यही बात मैंने बलराम

चाचा से कही। वे तो दोस्त हैं न पापा के! बोले—तुम उनको राँची ले चलने की तैयारी करो। मैं सँभाल लूँगा। चिन्ता मत करो।...'

"मुझे आश्वस्ति हुई—चलो, एक रास्ता तो निकला।"

राजाराम महतो जलती अँगीठी को देखने लगे। धीरे से बोले, "दुख होता है। एक प्रोफेसर, जिसके बेटे अमेरिका में हों, बेटी लन्दन में हो, वह आदमी इतना बेसहारा, इतना निरीह!"

छोटू बाबू महतो जी की तरफ देख रहे थे, "मुझे, महतो जी, चन्द्रानन बाबू के बेटों के व्यवहार पर सोचकर दुख हो रहा है। बाप की ऐसी हालत है और माँ को छह-सात साल से अपनी सेवा के लिए रखे हुए हैं। बेटी ने डिलिवरी के बहाने माँ को लन्दन बुलाया, फिर दोनों बेटों ने अपने पास बुला लिया। आने नहीं दे रहे बेटे। माँ को बेटों ने खरीदी हुई नौकरानी बना लिया।"

शिवनाथ बाबू बेंच से उठे, तो चौरसिया ने कहा, "बैठिए न मालिक! एक गिलास चाय और।"

"नहीं सीताराम, मेरी तबीयत ठीक नहीं लग रही है।"

शाम हो गई थी। आसमान बादलों से घिरा था। सब अपने-अपने सामने के आसमान को देख रहे थे। बूँदा-बाँदी थम गई थी। दुकान से निकलते हुए छोटू बाबू बोले, "मुजफ्फरपुर में रिटायर शिक्षक हैं न गोपेश शर्मा, कल उनसे मुलाकात हुई थी। बोले, "जानते हैं छोटू बाबू, अमेरिका में इनके जो बेटे हैं, अलग-अलग शहरों में रहते हैं। माँ को दोनों ने बाँट रखा है—छह महीने बड़े बेटे के साथ, छह महीने छोटे बेटे के साथ। पिता से माँ की बात कभी-कभार करा देते हैं। माँ रोने लगती है—'मुझे भेज दो, मुझे भेज दो।' कैसे कसाई हैं बेटे! बताइए, इस संचार क्रान्ति के युग में हजारों किलोमीटर दूर बैठे आदमी से आमने-सामने बातचीत हो सकती है।...यों ही पागल नहीं हुए हैं, प्रोफेसर साहब।"

तीनों जब तिकोनियाँ मोड़ पर अलग होने लगे, महतो जी गहराते अँधेरे को सम्बोधित करते हुए आत्मालाप-सा करने लगे, "यह सब हुआ कैसे? बेटी भी इतनी कठोर कैसे हो गई? लगता है, उनके लालन-पालन में ही कमी रह गई थी।" छोटू बाबू रास्ते पर इस तरह खड़े थे, जैसे उनके पाँव दलदल में धँसे हों!

भारी बारिश के कारण दो शनिवार निकल गए। बटचौपाल नहीं जमा। पंडित रामदहिन पाठक को छोड़ बाकी तीनों ने फोन पर जब-तब बातचीत की। चौरसिया ने छोटू बाबू को फोन कर दिया था—चबूतरे की चारों तरफ पानी ही पानी है। कोका नदी उफान पर है।

इस बीच इतना हुआ कि शिवनाथ बाबू बाजार से एक मन चावल खरीदकर पाठक जी के घर दे आए। छोटू बाबू ने तीन हजार रुपये दिये पाठक जी को। ढाई हजार राजाराम महतो ने दिये।

फोन पर तीनों की बातचीत हुई थी। एक ही दिन तीनों दोपहर बाद पाठक जी के घर पहुँचे थे। उस दिन बारिश नहीं हुई थी। बाजार के लगभग बीच में पाठक जी का जर्जर टिनहा घर। बारिश ने और दुर्गति कर डाली थी। एक के बाद एक जब तीनों पाठक जी के घर पहुँचे, पंडिताइन बाहर एक कोने में सिर पर हाथ रखे बैठी थीं।

तीन लोगों को बिठाने का इन्तजाम पाठक जी के घर में नहीं था। कीचड़-पानी भरा हुआ था चारों ओर। किराये के चारों कमरे तैयार हो चुके थे। सिर्फ एक कमरे में ग्रिल नहीं लगा था। खुला था वह कमरा। सामने सड़क के उस पार संजय अग्रवाल का मेडिकल स्टोर था। पाठक जी के आग्रह पर संजय ने प्लास्टिक की चार कुर्सियाँ भेज दीं। जो कमरा खाली था, जिसमें अभी ग्रिलगेट नहीं लगा था, उसी कमरे में कुर्सियाँ लगाई गईं। शिवनाथ बाबू ने मुस्कराते हुए कहा, "पंडीजी, आज हमारा बटचौपाल आप ही के घर में जम रहा है।"

सब एक साथ मुस्कराए। इस मुस्कराहट में पाठक जी की करुण मुस्कान भी शामिल थी।

पंडिताइन कमरे की ओट में खड़ी थीं।

राजाराम जी ने पूछा, "किराये के कमरे तो तैयार हो गए पंडीजी।"

"..."

"क्या हुआ पंडीजी, कुछ बोलते क्यों नहीं हैं?"

पंडित जी चुप।

पंडिताइन जो अब तक ओट में थीं, सामने आ गईं। पहली बार वे अपने पति के मित्रों के सामने आई थीं। आँचल से आधा चेहरा ढँके धीरे से बोलीं,

"का बोलेंगे! हमनी के मुँह रह गइल बा कि कुछु बोलीं!"

छोटू बाबू ने पाठक जी से पूछा, "क्या पाठक जी, क्या हुआ है? कुछ बोलिए भी!"

कोई कुछ नहीं बोला। कुछ क्षणों बाद छोटू बाबू ने पूछा, "क्या हुआ पाठक जी?"

"होगा क्या! समर ने चारों कमरों के किरायेदारों से एक-एक लाख रुपये एडवांस ले लिये हैं। किराया उसी में 'मिनहा' होगा।"

पंडिताइन को लगा, पंडित जी असली बात अपने साथियों से छिपा रहे हैं। पति से बोलीं, "बता दीजिए न रजिस्ट्री वाली बात।"

पाठक जी से बोलते नहीं बन रहा था। यह जो रजिस्ट्री वाली बात बीच में आ गई थी, इसने सबको चिन्ताजनक जिज्ञासा में डाल दिया था। छोटू बाबू ने पूछा, "यह रजिस्ट्री वाली बात क्या है पंडित जी?"

पंडिताइन बोलीं, "ई त हम देखो रजिस्ट्री वाला कागज। हिन्दी में लिखल रहे। हम पढ़नी। फेर इनको दिये। ये तो पढ़ते-पढ़ते बेहोश जइसन हो गए।"

पाठक जी का बोलना अब जरूरी हो गया था, "मैंने कागज तो पढ़ा नहीं था। एक दिन समर की माँ ने रजिस्ट्री वाला कागज क-अ-ट-अ, क-अ-ट-अ करके पढ़ा। इसकी समझ में कुछ आया, कुछ नहीं आया। मुझसे बोलीं, 'हे ई लीहीं।' मैंने पढ़ा तो चक्कर आ गया।"

छोटू बाबू, शिवनाथ बाबू और राजाराम महतो एक-दूसरे का चेहरा देखने लगे। पाठक जी बोले, "समर ने पूरी जमीन झाँसा देकर अपने और अपने बेटों के नाम कर ली है, यानी समर की मृत्यु के बाद जमीन पर उसके दोनों बेटों का अधिकार होगा।"

पंडिताइन हिन्दी ठीक से बोल नहीं पातीं। भोजपुरी मिश्रित हिन्दी बोलती हैं, "जननी रवा लोग...?"

पाठक जी ने पत्नी को बीच में रोककर कहा, "मैं बता रहा हूँ। समर ने चालाकी से माँ-बाप को ही नहीं, अपने तीनों भाइयों को भी जमीन से बेदखल कर दिया। मेरा जमीन पर हक नहीं रहा। किराये के चक्कर में जमीन भी गई। अब हम जीएँगे कैसे? समर जब मुझे और अपनी माँ को बिठाकर समझा रहा

था कि किराये के चार कमरे बनेंगे तो हम समझ रहे थे कि इसमें चारों भाइयों के हिस्से की बात है, यानी चारों भाइयों के लिए चार कमरे! लेकिन रजिस्ट्री का पेपर तो कुछ और बता रहा है। दाखिल खारिज भी करवा लिया है। समर की माँ माथा पकड़कर बैठ गईं—'आहि ये दादा! ई का कइलस समरवा!'"

छोटू बाबू, शिवनाथ सिंह और राजाराम महतो के मुँह में आवाज ही नहीं थी। नीचे जमीन पर पाँवों के बल बैठी पंडिताइन सिर झुकाए हुई थीं। समर की इस चालबाजी पर सब स्तब्ध थे।

"कितना धूर्त है समर!" महतो जी ने यह वाक्य जैसे आकाश से कही।

"कैसा रंग बदलकर आया था! माँ-बाप के लिए कपड़े लाता था। जाते वक्त पाँच-दस हजार रुपये देता था।" शिवनाथ बाबू बोलकर पंडिताइन को देखने लगे जो आँचल से आँखें पोंछ रही थीं।

पाठक जी ने कहा, "मेरे लिए एक कोट लाया था। जाड़े का महीना था। बोला—"आपके पास गरम कपड़े नहीं हैं, कोट लेता आया हूँ। माँ के लिए शॉल, फुल स्वेटर, हाफ स्वेटर और मोजे हैं।" पाठक जी अजीब ढंग से मुस्कराए, "कोट पहना। आप लोगों को याद होगा, बटचौपाल में एक दिन कोट पहनकर गया था तो आप लोग चौंक गए थे।"

महतो जी ने मुस्कराते हुए कहा, "हाँ, याद है, पिछले जाड़े में आप कोट पहनकर चौपाल में गए थे।"

शिवनाथ बाबू बोले, "हाँ, गए थे आप कोट पहनकर—बन्द गले का कोट...!"

"तो जानते हैं उस कोट के बारे में? एक दिन कोट को उलट-पलटकर देखने लगा। देखा कि कोट तो पुराना है! भीतर काँख के पास पेवन (पैबन्द) लगा हुआ है। एक-दो जगह सुई-धागे से सिलाई की हुई है!"

"पुराना कोट था?" शिवनाथ बाबू ने कहा, "शहर के फुटपाथों पर बिकते हैं ऐसे पुराने-धुराने कपड़े। ऐसे कोट तीन-चार सौ में मिल जाते हैं।"

राजाराम महतो ने कहा, "लोग मरे हुए आदमी के कोट-स्वेटर वगैरह बेच देते हैं। वही बिकते हैं फुटपाथ पर।"

छोटू बाबू दूसरी चिन्ता में थे। मसिजीवी जात के आदमी ठहरे। दादा

कानूनगो थे, पिता तहसीलदार। वंश-परम्परा से ही कानून-कायदे जानते हैं। सर्किल इंस्पेक्टर रह चुके हैं। कुछ सोचते हुए उन्होंने पाठक जी से कहा, "बेटे की इस धोखाधड़ी पर कोर्ट में केस चल सकता है।"

शिवनाथ बाबू बोले, "केस-मुकदमे के लिए पैसे भी तो चाहिए छोटू बाबू! यहाँ तो खाने पर आफत है।"

"हाँ, पैसे तो चाहिए! कुछ बेचने के लिए भी नहीं रह गया है।"

समरेश की माँ जो देर से जमीन पर 'चुकुमुकू' बैठी थीं, पति को सुनाकर बोलीं, "हम इन्हका के बोले थे कि एक काठा जमीन बेच दीजिए। संजय अग्रवाल माँग रहा है।"

पाठक जी कठघरे में खड़े थे, "कैसे बेच देते? आखिरी सहारा थी यह थोड़ी-सी जमीन। यह भी सोचा कि अपने चार बेटों को क्या देकर जाऊँगा। मरने के बाद बेटे यह न कहें कि बाप ने डीह-डाबर सब बेच दिया।"

"अब छाती कूटिए! एक काठा जमीन बिक जाती, पइसा बैंक में रहता तो खाली सुदिए से गुजर हो जाती, बाकी इन्हका त पुत्र-प्रेम रहे।"

"सवाल यह है कि अब क्या किया जा सकता है?" महतो जी ने यह सवाल रख दिया सबके बीच।

शिवनाथ बाबू चिन्तित थे, "अब तो समर आएगा नहीं लौटकर। उसका सारा काम तो हो गया।"

"नहीं। आएगा एक बार जरूर। समरेसवा आएगा एक बार।" पाठक जी की अन्तरात्मा से यह आवाज निकली हो जैसे।

शिवनाथ सिंह अपनी दोनों हथेलियों को आपस में इस तरह रगड़ने लगे, जैसे किसी मसले को मसल रहे हों। धीरे से बोले, "समरेश आ जाता तो हम लोग 'पर-पंचायत' से कोई रास्ता निकालते।"

छोटू बाबू को यह बात बेतुकी लगी, "क्या 'पर-पंचायत!' इतने बड़े धूर्त, जालसाज के सामने पंचायत क्या! कहते हैं न, चोर के आगे ताला क्या, बेईमान के आगे केवाला क्या!"

पाठक जी का आर्त स्वर दिल दहलानेवाला था, "रहने को घर भी तो नहीं है छोटू बाबू। देख रहे हैं खँडहर बना यह टिनशेड। हम इसी में सावन भी

काट रहे हैं। झड़ी में रात भर हम दुनू परानी कभी इस कोने में खटिया लगाते हैं कभी उस कोने में।" यह कमरा जिसमें पहले ग्रिल नहीं लगा था, पाठक जी ने उस कमरे को दिखाते हुए कहा, "हम उसी में सोते थे। गेट पर टाट की बोरी टाँग देते थे। ऐसे कट रही है हमारी जिनगी!"

"हम कुछ करेंगे पंडित जी। फिलहाल महीने-दो महीने का इन्तजाम हो गया है न!" छोटू बाबू ने ढाढ़स देने की कोशिश की।

शिवनाथ बाबू बोले, "घटेगा तो फिर चावल पहुँचा देंगे।"

पाठक जी की हँफनी बढ़ गई थी। हँफनी के बीच खाँसी।

शाम हो गई थी। विदा लेता सावन आकाश के किसी कोने से टप-टप आँसू बहाता रो रहा था। तीनों इतने गमगीन थे कि कुछ बोल नहीं पा रहे थे।

9

भादों मास आया। आधा कृष्णपक्ष निकल गया। खूब हुई बारिश। बटचौपाल सूना रहा। इस बीच इतना भर हुआ कि शिवनाथ बाबू चन्द्रानन शर्मा को उनके घर जाकर देख आए। रणधीर और उसकी माँ की परेशानी यह थी कि दोनों में से किसी एक को रात भर पहरेदारी करनी पड़ती थी। चन्द्रानन बाबू कब घर से निकल जाएँ, कुछ ठिकाना नहीं। नदी, ताल-तलैया, सब भरे हुए हैं। कहीं डूब-ऊब गए तो...?

शिवनाथ बाबू जब रणधीर के घर गए थे, चन्द्रानन बाबू बाहरी कमरे में कुर्सी पर बैठे कोई पुराना नोटबुक पढ़ रहे थे। बहुत उकसाने पर ही कुछ बोलते हैं। खाना-नाश्ता कुछ भी माँगते नहीं हैं। बार-बार पानी पीते हैं। उनके कमरे में घड़ा और स्टील का एक गिलास रखा हुआ है।

शिवनाथ बाबू ने प्रोफेसर चन्द्रानन शर्मा को गौर से देखा। रणधीर की माँ से पूछा, "इतने ध्यान से ये क्या पढ़ रहे हैं?"

रणधीर की माँ लजा गईं। 'जेठ' से मुँहा-मुँही बात करने का चलन नहीं है गाँव-दिगार में। आधा घूँघट किए रणधीर की माँ बोलीं, "बहुत पुराने कागजात हैं। हाथ में जो 'कापी' वे लिये हुए हैं, उसमें उनकी कविताएँ हैं। एम.ए. में

पढ़ते थे, उन्हीं दिनों ये कविताएँ लिखीं। उसके बाद जब वे यहाँ गाँव में थे, अनेक कविताएँ लिखीं। इस 'कापी' में वही कविताएँ हैं।"

इस बीच रणधीर भी आ गया। उसने माँ की बातें सुन ली थीं। मुस्कराता हुआ बोला, "चाचाजी, पापा जो पढ़ रहे हैं, मैंने उलट-पलटकर वह 'कापी' देखी है। प्रेम की कई कविताएँ हैं उसमें। कुछ कविताएँ पापा ने मेरी माँ पर भी लिखी थीं। उनका लिखा एक गीत माँ जब-तब गुनगुनाया करती थी। कुछ कविताएँ बहुत प्यारी हैं। एक डायरी है इनकी। इसमें 'यशोधरा' खंडकाव्य है। माँ 'यशोधरा' की दो पंक्तियाँ जब-तब अकेले में गाया करती है। पंक्तियाँ मुझे भी याद हो गई हैं :

जब तक यशोधरा हुई नहीं थी उनकी
तब तक ऐसी थी साँझ कहाँ फागुन की!

आधे घूँघट में माँ की पूरी हँसी। प्यारी निर्मल हँसी। सारा दुख उड़ गया कहीं।

शिवनाथ बाबू ने रणधीर से पूछा, "तुम्हारे पापा का अब क्या हाल है?"

"हाल क्या रहेगा! वही हाल है। हम बस इतना करते हैं कि बारी-बारी से कमरे के सामने बैठे रहते हैं। रात में इनको छत पर जाने नहीं देते। पापा कमरे में बैठे चीखने लगते हैं।"

"इनको काँके ले जाना जरूरी हो गया है रणधीर।"

"हाँ, चाचाजी, हम तैयारी कर रहे हैं। बलराम चाचा साथ चलेंगे।"

"बलराम यादव मिलने आते हैं?"

"आज सुबह आए थे। एक घौद कच्चा केला दे गए हैं। बोले कि बरसात के दिनों में साग-सब्जी तो मिलती नहीं, केले की तरकारी खाएँ आप लोग। राँची ले जाने की बात पर बोले, 'चिन्ता मत करो। जितना इन्तजाम कर सकते हो, करो, बाकी मैं हूँ न!'"

चाय-वाय पीकर शिवनाथ बाबू कुर्सी से उठने लगे तो रणधीर से पूछा, "तुम्हारे पापा चाय पीते हैं?"

"देने पर पी लेते हैं। माँगते नहीं हैं। चाय पीते हुए नोटबुक के पन्ने पलटते रहते हैं।"

"तो कोई दिन तय कर लो राँची जाने का। रेलवे में आरक्षण करा लो। पापा के पास मोबाइल फोन है या नहीं?"

"नहीं है। इनको लाने गया था, उस समय भी कोई मोबाइल नहीं था इनके पास।"

घर लौटते हुए शिवनाथ बाबू ने फोन पर छोटू बाबू से बात की। पिछला शनिवार बारिश की भेंट चढ़ गया। आज बटचौपाल जमेगा। बस, पाठक जी नहीं आएँगे।

इधर पाँच-छह दिनों से बारिश नहीं हुई है। बरगद के चबूतरे के आस-पास जमा कीचड़-पानी सूख गया होगा। रास्ते भी अब चलने लायक हो गए होंगे।

शिवनाथ बाबू पहले अपने घर गए। कपड़े बदले और निकल गए। घर में दो बहुएँ हैं, पोते-पोतियाँ हैं, बेटे हैं। शनिवार को शाम से पहले जब निकलते हैं, घर के लोग समझ जाते हैं, ये कहाँ जा रहे हैं।

पानी में डूबी घास चार-पाँच दिन में सड़ने लगती है। धूप होती है तो सड़ाँध से 'बिसाइन' दुर्गन्ध आने लगती है। वैसी ही दुर्गन्ध थी बटचौपाल वाले चबूतरे के आस-पास। शिवनाथ बाबू पहुँचे तो देखा, छोटू बाबू और राजाराम महतो चबूतरे पर बैठे बतिया रहे हैं। सीताराम चौरसिया अपनी दुकान से बोला, "झाड़ू लगवा दिया है मालिक, बैठिए।"

इस बटचौपाल में आनेवाले गाँव के अलग-अलग टोलों के जो चार बुजुर्ग हैं, उनमें अनौपचारिक-सा रिश्ता है। इनके बीच कोई अभिवादन नहीं होता। बस, 'आइए-आइए, बैठिए।'

छोटू बाबू बोले, "हम आपकी ही राह देख रहे थे शिवनाथ बाबू। पाठक जी आएँगे नहीं। अब चलने-फिरने में असमर्थ हो गए हैं। हँफनी होती रहती है। दम फूलने लगता है। फिर रास्ता भी कीचड़-पानी से भरा है। कहीं फिसल गए तो अलग मुसीबत।"

"असल में पाठक जी भीतर से टूट गए हैं। बेटे की चालबाजी से बुरी तरह आहत हैं। हम लोग सिर्फ प्रभु से प्रार्थना ही कर सकते हैं। हम लोगों ने उनको जो दिया है, वह कितने दिन चलेगा!"

"इस बीच वृद्धावस्था पेंशन मिल जाएगी तो खींच लेंगे कुछ दिन।" राजाराम जी बोले।

"पेंशन मिलती ही कितनी है! सरकार से जो गैस सिलेंडर मिला है, वह महीनों से खाली पड़ा है। पता नहीं, कैसे खाना बनाती हैं पंडिताइन!"

छोटू बाबू चिन्तित थे, "अब ज्यादा दिन नहीं जीनेवाले हैं पाठक जी। चार बेटे, और कोई सुधि लेनेवाला नहीं।"

शिवनाथ बाबू भी इस बात को लेकर चिन्तित थे कि पाठक जी की मृत्यु के बाद पंडिताइन का क्या होगा! कहाँ जाएँगी बेचारी! घर भी रहने लायक नहीं। दो बेटियाँ हैं—वे भी आस-पास नहीं। एक असम में, दूसरी अहमदाबाद में।

"कौन किसकी चिन्ता करता है छोटू बाबू!"

छोटू बाबू गम्भीर थे। चेहरे से लग रहा था, कुछ सोच रहे हैं। वे कोका नदी को देखते बोले, "आदमी का अपनी सन्तान से रिश्ता क्या पशु-पक्षियों का रिश्ता हो गया? कौन कहाँ गया, इसकी किसी को याद नहीं।"

राजाराम महतो भी गम्भीर थे, "हम सब बेटों के मारे हैं, आपने ठीक कहा छोटू बाबू! आप तो विद्वान आदमी हैं। ठीक कहा आपने कि हम भी क्या पशु-पक्षियों की तरह हो गए?" महतो जी ने अपनी नियति को उक्त कथन से जोड़ दिया, "एक बेटा इनकमटैक्स कमिश्नर, दूसरा शिपिंग कम्पनी में इंजीनियर! कभी खोज-खबर भी नहीं लेते माँ-बाप की। बड़े बेटे जय ने अपने ही रैंक की किसी लड़की से शादी की। दूसरे बेटे विजय की शादी तो अच्छे परिवार में कराई थी। अफसर की बेटी थी।...कोई याद नहीं करता! ठीक कहते हैं आप छोटू बाबू, हम पशु-पक्षियों जैसे हो गए।"

छोटू बाबू ने आश्वस्त किया, "फिर भी हमारी-आपकी हालत पाठक जी वाली तो नहीं है! उनका बेटा तो कमीना निकला।"

महतो जी ने कहा, "कहीं भूख से न मृत्यु हो जाए पाठक जी की! रहने को टूटा-फूटा टिनहा घर, खाने को कुछ नहीं, जानलेवा बीमारी, दवा खरीदने के पैसे नहीं। बेटे ने ऐसी चाल चली कि भूमिहीन बन गए। किराया आता था, वह भी बन्द। ऐसी विपत्ति में पड़ा आदमी कब तक जी सकता है?"

छोटू बाबू उदासी के बावजूद नाउम्मीद नहीं थे, "यह तो अपना गाँव है

महतो जी कि हम लोग मिलते-जुलते हैं, सुख-दुख बतियाते हैं, एक-दूसरे की चिन्ता करते हैं। नगरों-महानगरों में कौन इस तरह मिलता-जुलता है! कौन किसी के घर जाता है, दुख में शामिल होने! दिल्ली-मुम्बई को भी जानता हूँ। एक ही मुहल्ले में माँ-बाप अलग रहते हैं, बेटे-बहू अलग। सप्ताह के अन्त में बेटा-बहू मिलने भी जाते हैं तो एकदम यांत्रिक, बनावटी। औपचारिक जैसा होता है वह मिलना-जुलना!" गाँव की बात करते-करते छोटू बाबू अपने दुख से बाहर आ गए थे, "हमारा गाँव कितना भी बदल गया हो शिवनाथ बाबू, फिर भी गाँव है। एक-दूसरे से पशु-पक्षियों की तरह बेगाने नहीं हो गए हैं हम। अपरिचित नहीं हो गए हैं एक-दूसरे से।"

शिवनाथ बाबू ने कहा, "मैं भी थोड़ा जानता हूँ नगरों-महानगरों को। राजाराम जी, क्या हम सोच भी सकते हैं कि चौबीस घंटे में हमारी किसी से बात ही न हो? पागल नहीं हो जाएँगे हम?"

राजाराम जी बोले, "हो गए हैं न पागल प्रोफेसर चन्द्रानन शर्मा! सब आपको छोड़कर चले जाएँ, किसी से आपकी बात ही न हो तो क्या होगा? चुप रहते-रहते आदमी पागल हो जाएगा कि नहीं?"

छोटू बाबू अब नाउम्मीदी से बाहर आ गए थे। मुस्कराते हुए बोले, "देखिए, हम चाहे दुख और अभाव में रहते हों, फिर भी बोलते-बतियाते हैं, हँसते हैं, रोते हैं, और यह सब हमको वरदान में मिला है शिवनाथ बाबू।"

शिवनाथ बाबू के चेहरे में उम्मीद की वही मुस्कान थी, 'अभी भी कुछ बचा हुआ है। हो सकता है, हमारे बाद यह न बचे, मगर अभी तो बचा हुआ है!'

10

अगले शनिवार के बटचौपाल में वही तीन थे। पाठक जी नहीं आए।

"अब वे आएँगे भी नहीं।" छोटू बाबू बोले, "बीमार हैं, चिन्ताएँ घेरे हुई हैं।"

छोटू बाबू की इस सूचना पर शिवनाथ बाबू और राजाराम महतो सामने की कोका नदी को देखने लगे। कुछ दिनों पहले बारिश में यह नदी उन्मादिनी बन गई थी। नदी अब भी भरी हुई थी। अर्द्धवृत्ताकार टिनशेड पर बरगद के फल जमा होकर सड़-गल रहे थे। यही बरसाती मौसम होता है जब बरगद में फल लगते हैं।

इस बीच राजगंज-मधुरा गाँव में यह खबर चर्चा में रही कि प्रोफेसर चन्द्रानन शर्मा को उनका बेटा रणधीर काँके ले गया है। रणधीर के साथ यादव टोले के बलराम जी गए थे। काँके मेंटल हॉस्पिटल में चन्द्रानन बाबू को भर्ती कराके दोनों लौट आए हैं।

बलराम यादव से ही यह जानकारी मिली कि काँके मेंटल हॉस्पिटल के डॉक्टरों ने चन्द्रानन बाबू की केस हिस्ट्री ली, दो दिनों तक जाँच-वाँच हुई। जाँच रिपोर्ट में इनके मानसिक रोग के अलावा जो रिपोर्ट आई, वह हृदयरोग से सम्बन्धित थी। डॉक्टरों की पूरी टीम बैठी। मामला गम्भीर था। चन्द्रानन

बाबू को हॉस्पिटल में भर्ती कर लिया गया। स्थानीय सम्पर्क के लिए बलराम यादव ने अपने फूफा का फोन नम्बर लिखा दिया। फूफा रिम्स हॉस्पिटल में हड्डी रोग के विशेषज्ञ हैं।

छोटू बाबू ने पूछा, "काँके के डॉक्टरों ने आखिर कहा क्या? बलराम जी या रणधीर ने कुछ बताया?"

"हाँ, बताया डॉक्टरों ने। बलराम यादव कह रहे थे—डॉक्टरों का कहना था कि इनको हार्ट की जो बीमारी है, पहले उसका इलाज हो। इसके लिए हार्ट हॉस्पिटल ले जाना होगा।"

महतो जी सामने के आकाश को देखने लगे। पक्षियों का एक झुंड कतार में गुजर रहा था। वे धीरे से बोले, "कोई उम्मीद नहीं दिखती। गए पागलपन का इलाज कराने, निकल आई हार्ट की बीमारी।"

छोटू बाबू ने शिवनाथ बाबू से पूछा, "क्या कहा रणधीर ने? मुजफ्फरपुर में किसी प्रोफेसर का अमेरिका में रह रहे चन्द्रानन बाबू के बेटों से सम्पर्क है?"

"नहीं, चन्द्रानन बाबू जिस कॉलेज में प्रोफेसर थे, उस कॉलेज के किसी प्रोफेसर का सम्पर्क नहीं है चन्द्रानन बाबू के बेटों से।"

"मतलब यह कि चन्द्रानन बाबू के पागल होने की खबर उनके बेटों को नहीं है।" छोटू बाबू बोलते हुए किसी चिन्ता में डूब गए।

महतो जी स्वगत कथन-जैसा करते बोले, "हद है यह दुनिया और हद हैं यहाँ के नाते-रिश्ते! चन्द्रानन बाबू की पत्नी का क्या हाल होगा? माँ को तो दोनों बेटों ने बन्दी बना लिया है। मुफ्त की नौकरानी को कोई छोड़ना चाहेगा?" "ऐसे भी होते हैं बेटे!" महतो जी की इस बात पर बाकी दोनों मुस्कराए।

छोटू बाबू गम्भीर थे। कुछ सोचते हुए बोले, "हम अपने को अलग क्यों समझ रहे हैं?"

"हाँ, हम क्यों समझ रहे हैं अपने को अलग?" छोटू बाबू की बात पर सब एक-दूसरे का चेहरा देखने लगे।

"खैरियत है, हम पागल नहीं हुए! लेकिन पाठक जी के बारे में क्या कहिएगा? उनकी हालत तो पागल से भी खराब है। पिता का झोंपड़ी-जैसा घर था, बेटे ने उसे भी हड़प लिया। इसको क्या कहिएगा? रहने को घर नहीं,

जीने का कोई साधन नहीं। घुट-घुटकर जी रहे हैं। दवा दुकान वाले संजय अग्रवाल ने भी उधार देना बन्द कर दिया है।"

"हम एक बार फिर पाठक जी की मदद करें।"

राजाराम जी के इस प्रस्ताव का छोटू बाबू और शिवनाथ बाबू ने समर्थन किया, "हाँ, हम लोग मदद करें। सिर्फ सहानुभूति दिखाने से तो कुछ होगा नहीं।"

"हाँ, सिर्फ सहानुभूति से कहीं पेट भरता है?"

शिवनाथ बाबू ने कहा, "मैं चावल-दाल दे आऊँगा।"

राजाराम जी कुछ सोचते हुए बोले, "मैं दो-तीन हजार रुपये दे सकता हूँ।"

छोटू बाबू बोले, "दो-तीन हजार मैं भी दूँगा।"

राजाराम जी ने पूछा, "अच्छा, यह बताइए, पाठक जी के रिश्ते के यहाँ कोई हैं या नहीं?"

छोटू बाबू बोले, "एक तो हैं। वो वचनदेव पाठक, जो पुरोहितिया ब्राह्मण हैं, वे पाठक जी के गोतिया दियाद हैं। एक और हैं किसी रिश्ते में। फारबिसगंज के शिवमन्दिर में पुजारी हैं—कोई पांडेय जी।"

सूरज डूब गया था। धुएँ-सी साँझ घिरने लगी थी। चौरसिया तीन गिलास चाय लेकर आ गया। हँसते हुए कहा, "आज देर हो गई चाय देने में। दुकान में भीड़ थी।" वह लौटने लगा तो पूछा, "ऊ पंडीजी नहीं आ रहे हैं, महीनों से नहीं देख रहा हूँ!"

"बीमार हैं?" राजाराम जी ने जवाब दिया।

"बीमार हैं। उनकी तो भाड़े की दुकान बनकर तैयार हो गई है। आते-जाते देखता हूँ। सुना, बड़े बेटे ने भाड़े के लिए कमरे बनाये हैं!"

छोटू बाबू, शिवनाथ बाबू और राजाराम महतो सब एक दूसरे को देखने लगे।

हाट के उस पार तिकोनियाँ मोड़ पर जब तीनों अलग होने लगे, छोटू बाबू ने कहा, "तो कल हम लोग मिलते हैं पाठक जी के यहाँ तीन-चार बजे! आप तो चावल-दाल देंगे शिवनाथ बाबू, मैं और राजाराम जी नकद देंगे।"

11

कल का तीसरा पहर आए, इसके पहले सुबह में ही खबर गाँव में फैल गई—पंडित रामदहिन पाठक नहीं रहे। पिछली रात उनका देहान्त हो गया। छोटू बाबू का घर पाठक जी के घर से नजदीक है। पहली सूचना उन्हीं को मिली। उन्होंने शिवनाथ बाबू और राजाराम महतो को फोन पर बताया।

"देखिए, क्या हो गया! हम लोग आज तीसरे पहर पाठक जी के यहाँ मिलनेवाले थे!" महतो जी ने फोन पर छोटू बाबू से भर्राई आवाज में कहा।

छोटू बाबू बोले, "अब तो स्थिति बदल गई। अब दूसरे रूप में मदद करेंगे। आइए, वहीं पाठक जी के घर। शिवनाथ बाबू से भी बात हो गई है।"

तीनों एक-एक कर पाठक जी के दरवाजे पर पहुँचे। बाजार के लोग पहुँचे हुए थे। गाँव से भी लोग आ रहे थे। औरतें जमीन पर बिछी चादर पर बैठी थीं। सामने सड़क के उस पार मेडिकल स्टोर के संजय अग्रवाल के परिवार की औरतें लाश के पास बैठी थीं। पंडिताइन ने पाठक जी की मृत्यु की सूचना सबसे पहले अग्रवाल-परिवार को ही दी थी।

अब सवाल था कफन-काठी का इन्तजाम और श्मशान ले जाने की तैयारी। संजय अग्रवाल ने छोटू बाबू से कहा, "कफन का कपड़ा मैं अपने

भाई की दुकान से मँगवा लेता हूँ। दाह-संस्कार के लिए लकड़ी, धूप-लकड़ी, अगरबत्ती, गंगाजल आदि की पूरी लिस्ट तैयार है। सारे सामान अपने बाजार में मिल जाएँगे।"

छोटू बाबू ने संजय से कहा, "किसी आदमी को वचनदेव पाठक के घर भेज दो। पंडित जी के गोतिया-दियाद हैं, पुरोहित हैं, कर्मकांड भी जानते ही होंगे।" छोटू बाबू ने अपनी पत्नी को फोन पर कहा, "रामदास को यहाँ भेज दें।"

पंडिताइन रोती हुई बोलीं, उनके पास कुछ भी नहीं है—सौ-पचास भी नहीं।

थोड़ी ही देर में चन्दा-बिहरी से इतने रुपये जमा हो गए कि दाह-संस्कार हो सके। आगे के क्रिया-कर्म के लिए छोटू बाबू, शिवनाथ सिंह और राजाराम महतो का आश्वासन था।

शिवनाथ बाबू बोरी में एक मन चावल ले गए थे रिक्शे पर। बोरी उन्होंने अन्दर रखवा दी। छोटू बाबू और राजाराम महतो तीन-तीन हजार रुपये पाठक जी के लिए ले गए थे। दोनों ने रुपये संजय अग्रवाल को दाह-संस्कार के लिए दे दिये।

रेलवे स्टेशन के पास कोका नदी के किनारे गाँव के लोग मुर्दा जलाते हैं। श्मशान न कहकर लोग उस जगह को 'मुर्दघट्टी' कहते हैं।

पंडित रामदहिन पाठक लोकप्रिय व्यक्ति थे। पुराने बाशिन्दे थे राजगंज-मधुरा गाँव के। ब्राह्मण होने का अतिरिक्त सम्मान उनको मिलता ही था। आज न उनकी यह दयनीय स्थिति हो गई है, पहले तो बाजार के पास ही उनकी तेरह-चौदह बीघे जमीन थी। गाँव के सभी वर्गों के लोग पाठक जी को पायलागी करते थे। सबके लिए पाठक जी का आशीर्वाद होता—'जय हो!' पाठक जी की जमीन बटाई पर लगी हुई थी। कुछ जमीन उन्होंने लीज पर दे रखी थी। दो बेटियों की शादी में कुछ जमीन बिकी, कुछ चार बेटों की पढ़ाई में बिकी। जो बची थी, उस पर सिकमी बटाई का मुकदमा चला। पंडित जी पछिमाहा पंडित थे। यहाँ आकर बसे थे। न जात का बल था, न धन का। लिहाजा चुपचाप बेजमीन होते गए। गाँव का बाजार फैल रहा था। बाजार में उनका घर था। उन्होंने लोहे-लक्कड़ की दुकान खोल ली। आजादी के बाद जब 'कोटा-परमिट' का जमाना था, रामदहिन पाठक को अच्छी

कमाई हुई थी। वह कमाई उन्हीं के साथ काम करनेवाले एक मैथिल ब्राह्मण ने पचा ली। विश्वास कर पाठक जी ने अपने पार्टनर को रुपये रखने के लिए दिये, पार्टनर ने बेईमानी कर ली। एक समय तो ब्राह्मण-ब्राह्मण एक थे, बाद में 'पुरबिया' और 'पछिमाहा' ब्राह्मण के बीच भेद की दीवार खड़ी हो गई।

पंडित रामदहिन पाठक धीरे-धीरे गरीब होते गए। अन्त में बचे उनके चार कमरे जो किराये पर लगे थे। बड़े बेटे समरेश पाठक ने इन कमरों के निशान मिटा दिये। पक्के कमरे बन गए। चार हजार किराये के आते थे, वे भी बन्द हो गए। बी.पी.एल. की सूची में आ गए पाठक जी। वृद्धावस्था पेंशन सहारा बनी। लेकिन ओस चाटने से भला प्यास मिटती है! भूख और बीमारी से जर्जर शरीर। पिछली रात चल बसे।

शव बाहर रखा था। अरथी बन रही थी। धूप तेज हो रही थी। सबसे पहले तो बड़े बेटे को सूचना देनी थी, बाकी तीन बेटों का पता-ठिकाना किसी को मालूम नहीं था। बड़े बेटे समर का मोबाइल नम्बर पंडिताइन के पास था। पंडिताइन बदहवास जमीन पर लुढ़की पड़ी थीं। कौन पूछे उनसे बेटे का मोबाइल नम्बर! शिवनाथ बाबू ने अपने बेटे को वीरेन्द्र सिंह के घर भेजा।

वीरेन्द्र सिंह समर का मित्र है। उसका सम्पर्क समर से बना हुआ है। समर की साहित्यिक पत्रिका 'जनतरंग' वीरेन्द्र के पास आती है। उन दोनों की दोस्ती कितनी छिछली या कितनी गहरी है, यह तो नहीं कहा जा सकता, लेकिन एक प्रमाण तो इसी साल की वह घटना है जब समर उसके घर गया तो उसके घर में ताला लगा था।

शिवनाथ बाबू के बेटे के साथ वीरेन्द्र सिंह आया। छोटू बाबू ने वीरेन्द्र से कहा, "सबसे पहले तो समरेश को फोन कर दो कि ऐसी-ऐसी बात है। कह दो कि अपने भाइयों को भी सूचना दे दे, यदि उनके पते-ठिकाने उसके पास हों।"

समर का फोन नम्बर वीरेन्द्र के पास था ही। बात की समर से। कहा कि पिछली रात उसके पिता का देहान्त हो गया। शव अभी पड़ा है। श्मशान ले जाने की तैयारी बाजार के लोग कर रहे हैं।

लोगों ने वीरेन्द्र सिंह से पूछा, "क्या कहा समर ने?"

"कहा कि इतनी जल्दी वह कैसे आ सकता है! शाम की फ्लाइट से चले भी तो पटना एयरपोर्ट पहुँचते-पहुँचते रात हो जाएगी। फिर वहाँ से गाँव! वह नहीं पहुँच सकेगा।"

शवदाह के लिए संजय अग्रवाल के पास पर्याप्त रुपये हो गए थे। शवयात्रा दो बजे अपराह्न शुरू हुई। पूरा बाजार बन्द रहा उस दिन। शवयात्रा में हजार से ज्यादा लोग थे। शवयात्रा 'बटचौपाल' के पास पहुँची। लोगों ने चबूतरे पर अरथी रखी। पाठक जी लम्बे समय से 'बटचौपाल' के सदस्य रहे थे। छोटू बाबू, शिवनाथ बाबू और राजाराम महतो रोने लगे यह सोचकर कि चबूतरे पर उनकी जगह अब खाली ही रहेगी।

शवयात्रा में पाठक जी के दियादी रिश्ते के पुरोहित वचनदेव पाठक अपने बेटे के साथ शामिल थे। छोटू बाबू, शिवनाथ बाबू और राजाराम महतो ने बारी-बारी से अरथी को कन्धा दिया। शवयात्रा में पाठक जी की मृत्यु को लेकर तरह-तरह की बातें हो रही थीं। महतो जी ने छोटू बाबू से कहा, "आपने सुना? पंडिताइन किसी से कह रही थीं—पंडित जी ने दो दिनों से कुछ नहीं खाया था। जानते हैं छोटू बाबू, पाठक जी की मृत्यु सच पूछिए तो भूख से हुई है।"

शिवनाथ बाबू बोले, "पाठक जी का स्वभाव ही ऐसा था कि किसी से कुछ माँगते नहीं थे। सीधे आदमी थे।"

"सीधे थे, तभी तो बेटे ने बासगीत तक अपने नाम लिखवा लिया।"

छोटू बाबू बेचैन थे। एक ही वाक्य बार-बार दुहरा रहे थे, 'भूख से मरे हैं पंडित जी!' 'राम नाम सत्त है' के बीच महतो जी ने छोटू बाबू से कहा, "किसी ब्राह्मण की मृत्यु भूख से हुई है, ऐसा कभी नहीं सुना। यह पहली घटना है कि एक ब्राह्मण भूख से मर गया।"

छोटू बाबू बोले, "अखबार के लिए यह समाचार बनता है कि नहीं कि एक गरीब ब्राह्मण भूख से मर गया?"

शिवनाथ बाबू बोले, "नहीं छपेगा यह समाचार। कोई विश्वास नहीं करेगा। भूख से कहीं ब्राह्मण मरता है? क्या बात करते हैं!"

"न छपे, लेकिन अखबार वाले को छापना चाहिए : 'राजगंज-मधुरा गाँव में भूख से एक ब्राह्मण की मौत!'"

मौसमी कोका नदी के किनारे की मुर्दघट्टी में शव-दाह की पूरी व्यवस्था थी। अब सवाल यह था कि मुखाग्नि कौन दे? दोनों बेटियों को भी खबर दी गई थी। बड़ी बेटी असम के किसी जोरहाट कस्बे में रहती है, छोटी बेटी अहमदाबाद में रहती है। इतने कम समय में यहाँ उनका पहुँचना असम्भव था।

मुखाग्नि देने के सवाल पर माथापच्ची हुई। आखिर तय हुआ कि वचनदेव पाठक रामदहिन पाठक के गोतिया हैं तो क्यों नहीं उनका बेटा यह संस्कार करे? आखिर वही हुआ। पंडित वचनदेव पाठक के छोटे बेटे दीनदयाल पाठक ने मुखाग्नि दी।

शाम हो गई थी श्मशान से लौटते-लौटते। लोग वहीं कोका नदी में नहाये। लौटते समय छोटू बाबू, शिवनाथ बाबू और राजाराम जी थोड़ी देर 'बटचौपाल' वाले चबूतरे पर बैठे। पाठक जी के दरवाजे पर रखे आग, पानी, लोहा, गोलमिर्च और गंगाजल से श्मशान से आनेवालों ने अपने को पवित्र किया।

शिवनाथ बाबू की चिन्ता थी कि पंडिताइन का क्या होगा। कहाँ रहेंगी,कहाँ से खाएँगी। छोटू बाबू और राजाराम महतो की भी यही चिन्ता थी। सोचा गया कि पुरोहित जी के यहाँ पंडिताइन को कुछ दिन रख दिया जाए। सगे हैं। और कोई तो दिखता नहीं है।

रात के नौ बज गए जब छोटू बाबू, शिवनाथ बाबू और राजाराम जी पाठक जी के घर लौटे। वे जानना चाहते थे, पंडिताइन के लिए क्या सोचा जा रहा है। पता चला, संजय अग्रवाल पंडिताइन को अपने घर ले गया है। अकेली कैसे रहतीं यहाँ?

बाजार में बिजली की रोशनी थी। समर के बनाए किराये के चारों कमरों की दुकानें आज बन्द रहीं। पंडिताइन के खँडहर मकान में और मकान के चारों तरफ अँधेरा था। पता चला, कई महीनों से उन्होंने बिजली बिल का भुगतान नहीं किया। कनेक्शन काट दिया गया है।

"अब पाठक जी का क्रिया-कर्म हम लोग सम्पन्न कर दें।" छोटू बाबू ने

समर्थन किया, "जो खर्च होगा, हम लोग वहन करेंगे। इतने वर्षों का हमारा साथ रहा, क्या हम इतना भी नहीं कर सकते हैं?" छोटू बाबू ने अँधेरे में चलते हुए कहा, "हमारा गाँव कोई नगर-महानगर नहीं है कि सिर्फ औपचारिकता पूरी की और चलते बने। हम गाँव के लोग हैं, भाईचारा निभाना जानते हैं। है कि नहीं शिवनाथ बाबू?"

12

समर श्राद्धकर्म के एक दिन पहले पहुँचा। हवाई यात्रा थी। दिल्ली से पटना, पटना से वोल्वो बस से गाँव। फोरलेन राष्ट्रीय राजमार्ग है पटना से राजगंज-मधुरा तक और इससे आगे अररिया-पूर्णिया तक।

समर के यहाँ पहुँचने के पहले उसकी अनियतकालीन पत्रिका 'जनतरंग' का ताजा अंक उसके साथी वीरेन्द्र सिंह को मिल चुका था। विशेषांक था—'वृद्धावस्था विशेषांक'। समर अपने साथी वीरेन्द्र को पत्रिका के अंक भेजता है। वीरेन्द्र सिंह गाँव के नवतुरिया लड़कों को पत्रिका के अंक पढ़ने के लिए देता है। कॉलेज से निकले या कॉलेज में पढ़नेवाले लड़कों के बीच समरेश पाठक की छवि लेखक की भी रही है।

रामदहिन पाठक की मृत्यु के पहले ही 'जनतरंग' का वृद्धावस्था विशेषांक गाँव के कुछ पढ़े-लिखे युवकों के हाथों में आ चुका था।

इधर समरेश के पिता रामदहिन पाठक की मृत्यु हुई तो यही कहा गया कि उनकी मृत्यु भूख से हुई है। इसका साक्ष्य पंडिताइन ने ही दिया था जब घर से कफन के पैसे नहीं निकले। पंडिताइन ने उसी वक्त रो-रोकर कहा था—दो दिन से वे और उनके पति भूखे थे। कनस्तर को झाड़-पोंछकर थोड़ा-सा आटा

निकला, उसकी दो रोटियाँ बनीं। एक-एक दोनों ने पिछली रात खाई। आटा शायद सड़ गया था, दो-चार पिल्लू भी मिले थे। दो दिन के भूखे दोनों परानी और पथ्य के नाम पर सड़े आटे की दो रोटियाँ!...भूख से मरे हैं पाठक जी। पंडिताइन ने इसे स्वीकार किया है।

'जनतरंग' पत्रिका के सम्पादक समरेश पाठक की यह भीतरी सचाई भी लोगों के सामने आई कि माँ-बाप को झाँसा देकर बासगीत की जमीन सम्पादक महोदय ने अपने नाम कर ली है। किराये के ये जो चार कमरे समरेश ने बनवाए हैं, उनका किराया उसी को मिलता है। माँ-बाप निस्सहाय हैं। मित्रों की मदद से कुछ दिन गुजर-बसर की। पैसे खत्म हो गए। इधर कुछ हफ्तों से आधा पेट खाकर जी रहे थे। बीमारियों से ग्रस्त थे। दवा के लिए पैसे नहीं थे।

गाँव में, गाँव के बाजार में इस चर्चा के कारण अलग तरह का माहौल बनने लगा था। इसके पीछे न कोई संगठन था, न पूर्व-निर्धारित कोई योजना थी। समरेश पाठक की पत्रिका 'जनतरंग' का वृद्धावस्था विशेषांक केन्द्र में आ गया।

बटचौपाल पाठक जी के क्रिया-कर्म तक सूना रहा। छोटू बाबू, शिवनाथ बाबू और राजाराम महतो बटचौपाल न जाकर पाठक जी के घर आते रहे। संजय अग्रवाल ने पड़ोसी का धर्म निभाया। देखा कि कहीं कोई नहीं है पंडिताइन का तो खुद पूरा दायित्व सँभाला।

क्रिया-कर्म में जो खर्च होना था, उसकी तैयारी कर ली गई थी। छोटू बाबू, शिवनाथ बाबू और राजाराम महतो ने चार-चार हजार रुपये दिये। बाजार के कई दुकानदार बिना माँगे मदद की राशि संजय अग्रवाल को दे आए। और भी पैसे आ रहे थे, संजय ने मना कर दिया।

कर्ता था पुरोहित वचनदेव पाठक का छोटा बेटा दीनदयाल। अपने घर में वह विधि-विधान से कर्ता-धर्म का पालन कर रहा था। क्षौरकर्म में छोटू बाबू, शिवनाथ बाबू और महतो जी ने मूँछ-दाढ़ी-बाल मुड़वाए। कई लोग जो शवयात्रा में शामिल हुए थे, सिर के बाल मुड़वा लिये।

छोटू बाबू का घर पाठक जी के घर से नजदीक है। वे रोज एक बार पाठक का सूना घर देख आते। पंडिताइन दिन में अपने उसी जर्जर मकान में रहतीं, रात में अग्रवाल के घर चली जातीं। अपना घर डरावना लगने लगा

था। बिजली का कनेक्शन कटा था, इस कारण अँधेरा ही अँधेरा रहता था।

छोटू बाबू ने बिजली मिस्त्री से कहकर अस्थायी कनेक्शन दिलाया। बल्ब लगवाए। गर्मी कम हो गई थी। भादों का शुक्ल पक्ष बीत रहा था।

पाठक जी की बड़ी बेटी असम से श्राद्धकर्म के दो दिन पहले आ गई थी। वर्षों बाद बेटी माँ से मिली थी।

गाँव के पढ़े-लिखे युवकों के मन में कुछ उबल रहा था। समरेश ने माँ-बाप को झाँसा देकर बासगीत की जमीन अपने नाम रजिस्ट्री करवा ली। तीनों भाइयों को जमीन से बेदखल तो किया ही, माँ-बाप को भी बेदखल कर दिया। इसी शोक में पाठक जी घुटते रहे और भूख से मर गए।

समर सुबह पहुँचा था। अपनी अटैची वगैरह फारबिसगंज के एक होटल में रखकर गाँव आया था। माँ अग्रवाल के घर में थी। समरेश अपने किरायेदार की दुकान के सामने प्लास्टिक की कुर्सी पर बैठा था।

"पाठक जी भूख से मरे हैं"—इसे अफवाह कहें या सचाई! अफवाह हो भी तो सचाई की तरह गाँव में फैल गई थी। दुकान के एक किरायेदार ने यह बात जब समरेश से कही, समरेश चकरा गया। उसे घबराहट-सी होने लगी।

"आयँ! भूख से मरे हैं? यह तो सरासर झूठ है। भूख से कैसे मर सकते हैं?"

"कैसे नहीं मर सकते हैं? दमा-रोग था। घर में खाने को कुछ था नहीं। कई दिनों के भूखे थे। सड़े-गले आटे की एक रोटी खाई। तबीयत बिगड़ी। मर गए।"

तभी बाजार के कुछ लोग आ गए। सब समरेश की चालबाजी से परिचित थे।

समरेश के आने की खबर मोबाइल फोन के जरिये गाँव में फैल गई थी। बेकारी झेल रहे कई पढ़े-लिखे युवक एक-एक कर पाठक जी के दरवाजे पर एकत्र होने लगे। संख्या बढ़ती गई। कुछ पैदल, कुछ साइकिल से, कुछ बाइक से पाठक जी के घर के सामने जमा हो गए थे। एक के हाथ में 'जनतरंग' का वृद्धावस्था विशेषांक था। अपनी किराये की जिस दुकान के सामने समरेश कुर्सी पर बैठा था, उसके इर्द-गिर्द लड़के एकत्र होकर समरेश के खिलाफ अभद्र टिप्पणियाँ करने लगे। ऐसी स्थिति के बारे में समरेश ने कभी सोचा नहीं था।

लड़कों ने 'जनतरंग' पत्रिका के उस वृद्धावस्था विशेषांक को समरेश के सामने जलाया। समरेश को गालियों की बौछार से इस तरह वेध दिया, जैसे

उसके अन्तर्मन को जहरीले तीरों से छलनी कर दिया गया हो! वहाँ से भाग निकलने के सिवा समरेश के सामने कोई रास्ता नहीं था। तेज कदमों से वह बस-स्टैंड की तरफ जाने लगा। युवकों ने थोड़ी दूर तक उसका पीछा किया, फिर लौट आए।

शनिवार का बटचौपाल स्थगित रहा। श्राद्ध-भोज की तैयारी में लगे रहे सब। समरेश पाठक का यहाँ आना और युवकों के उग्र विरोध के कारण उसका भाग जाना बाजार और पूरे गाँव में चर्चा का विषय बन गया।

छोटू बाबू, शिवनाथ बाबू और रामराज महतो इस घटना पर मुस्करा रहे थे। छोटू बाबू ने पूछा, "क्या शिवनाथ बाबू, यह सब कैसे हो गया? गाँव के लड़कों में समरेश के प्रति ऐसी घृणा कैसे उत्पन्न हो गई? भागते रास्ता नहीं मिल रहा था सम्पादक जी को! वह अपनी माँ से भी नहीं मिल पाया।"

शिवनाथ बाबू मुस्कराते हुए बोले, "देख लिया न! असल में क्या है कि हम नई पीढ़ी को पहचान नहीं पा रहे हैं। आखिर कहाँ से आया इन लड़कों में यह विवेक? उनमें क्रोध का विस्फोट कैसे हो गया? हम लोगों में से किसी ने उनको ऐसा करने के लिए कहा नहीं था।"

महतो जी लड़कों के इस व्यवहार से बहुत प्रसन्न थे। बोले, "और तो और, समर का जो मित्र है वीरेन्द्र सिंह, सुनते हैं, वह भी शामिल था अपमानित करनेवालों में।"

"हाँ, पीछे खड़ा था। पत्रिका तो उसी से मिली थी न लड़कों को! सुना कि पत्रिका में बूढ़ों को लेकर कहानियाँ, कविताएँ, लेख वगैरह थे। एक तरफ पत्रिका के सम्पादक समरेश का माता-पिता के प्रति अमानवीय व्यवहार कि घर-दुआर सब अपने नाम लिखवा लिया, भाइयों का हिस्सा हड़प लिया और दूसरी तरफ पत्रिका में माता-पिता और बूढ़ों को लेकर बड़ी-बड़ी बातें! कविताएँ, कहानियाँ, लेख! सच पूछिए तो इसी पत्रिका ने आग लगाई। सब जान गए कि माँ-बाप के रहने-जीने के सारे सहारे चालाकी से हड़प लिये बेटे ने। भूख से मरे हैं पंडीजी। भूख से मरे हैं।" छोटू बाबू क्षुब्ध और अशान्त थे, "अब फिर कभी लौटकर गाँव नहीं आएगा समरेश।"

13

यह तीसरा शनिवार है। दो शनिवार बिना बटचौपाल के निकल गए। छोटू बाबू, शिवनाथ बाबू और राजाराम महतो पाठक जी के कर्मकांडों में ही लगे रहे। बड़े ढंग से सम्पन्न हुए सारे काम।

छोटू बाबू बोले, "इतना चन्दा जमा हो गया था कि श्राद्ध भोज-सम्पिंडन के बाद भी नौ-दस हजार रुपये बच गए हैं। संजय अग्रवाल कह रहा था कि यह पैसा जो बच गया है, उसको पंडिताइन की खँडहर खपरैल की मरम्मत में लगाएगा।"

"हाँ, यह फैसला अच्छा है।" शिवनाथ बाबू और महतो जी लगभग एक साथ बोले।

शिवनाथ बाबू ने छोटू बाबू से पूछा, "बड़ा सवाल यह है कि पंडिताइन की जिन्दगी कैसे कटेगी? बड़ी बेटी आई थी। वह माँ को अपने साथ क्यों नहीं ले गई?"

छोटू बाबू बोले, "यह सवाल उठा था। बेटी बोली, वह खुद मुश्किल से परिवार चलाती है। पति किसी मेडिकल स्टोर में नौकरी करते हैं। दो बेटे हैं, पढ़-लिखकर बेकार बैठे हैं। कैसे रख पाएगी माँ को? दो कमरों का छोटा-सा

मकान है।...सुना कि बेटी बोलती थी और रोती थी।"

"मजबूरी है। क्या कर सकती है।" महतो जी बोले।

"तो फिर क्या सोचा गया है पंडिताइन के लिए?" शिवनाथ बाबू ने पूछा।

छोटू बाबू ने कहा, "संजय कह रहा था—पंडिताइन उसके परिवार में रह सकती हैं। छोटा परिवार है उसका। दवा की दुकान है तो पंडिताइन को दवा मिलती रहेगी। पंडिताइन खाना-वाना बना दिया करें। कपड़े-लत्ते, खाना-पीना, दवा सब मिलेंगे पंडिताइन को।"

शिवनाथ बाबू की करुण हँसी से वातावरण कुछ ज्यादा ही गम्भीर हो गया।

छोटू बाबू बोले, "आखिर पाठक जी की बूढ़ी पत्नी को महाराजिन बनना पड़ा।"

"महाराजिन!...यह महाराजिन क्या होता है छोटू बाबू?"

महतो जी के इस सवाल पर छोटू बाबू बोले, "महाराजिन माने महिला रसोइया। पुरुष हो तो महाराज, महिला हो तो महाराजिन।"

"कितना अच्छा शब्द है महाराजिन! और काम है—खाना बनाना!" महतो जी बोलकर धीरे से हँसे।

छोटू बाबू अपनी विद्वत्ता से प्रभावित करते बोले, "जानते हैं महतो जी, 'मेहतर' शब्द है न, यह 'महतर' शब्द से बना है। 'महत्तर' यानी बड़ा काम। व्यवहार में महत्तर से बने शब्द मेहतर का क्या काम है, यह तो सब जानते ही हैं।"

महतो जी चुप थे और कुछ सोच रहे थे। बरगद की एक सूखी डाल पर बैठा कौवा काँव-काँव कर रहा था। कौवे को उड़ाने के लिए महतो जी ने ताली बजाई। काहे को उड़े कौवा! वह पहले से भी ज्यादा ऊँची आवाज में काँव-काँव करने लगा।

"आप कौवे के पीछे क्यों पड़े हुए हैं महतो जी?"

"नहीं, कौवे की कर्कश आवाज अच्छी नहीं लगती। लोग अपशकुन मानते हैं।"

"तो क्या चाहते हैं आप, बारहों महीने कोयल की कुहू-कुहू सुनते रहें? यहीं चैत-वैशाख में हम कोयल की बोली सुनते हैं कि नहीं!" छोटू बाबू की

बात पर महतो जी चुप नहीं हुए, “नहीं, अशुभ मानते हैं लोग।”

छोटू बाबू हँसने लगे, “तो क्या जीवन के इस अन्तिम पड़ाव पर आप शुभ की उम्मीद करते हैं? अरे, बीत गया मधुमास! यही क्या कम है कि हम उस गाँव-समाज में रहते हैं, जहाँ कुछ अपने लोग हैं जो हमसे बोलते-बतियाते हैं, हम आपस में मिलते-जुलते हैं, किसी के सुख-दुख में शामिल होते हैं? हम तीनों के बेटे हमसे दूर चले गए हैं, हमारी उनको परवाह नहीं, फिर भी हम अकेले बेसहारा नहीं हैं।”

शिवनाथ बाबू और महतो जी प्रसन्न दिखे। महतो जी सामने के मटमैले आकाश को देखने लगे। धीरे से बोले, “देखिए, कितने दिन चलता है यह सब! नये-नये विचार आ रहे हैं। बदल रही है दुनिया।”

शिवनाथ बाबू बहुत निराश नहीं थे, “महतो जी, बड़े-बड़े शहरों में बूढ़े-बूढ़ियों का जो दुख है, तमाम सुखों के बीच उनका जो दुख है, उसकी तुलना कीजिए अपने से, तब पता चलेगा हम कितने भाग्यवान हैं राजगंज-मधुरा वाले।”

छोटू बाबू बोले, “मैं अपना अनुभव सुनाता हूँ। पत्नी के साथ दो-तीन महीने मैं बड़े बेटे अभिजित के साथ दिल्ली में रहा। तब अभिजित की शादी हुई थी। मैंने वहाँ की जिन्दगी देखी। माँ-बाप अलग फ्लैट में रहते हैं, बेटे-बहू अलग। हफ्ते में एक दिन बेटे-बहू रस्म निभाने के लिए माँ-बाप से मिलने आते हैं। जिस फ्लैट में हम रहते थे, वह तीसरे तल्ले पर था। ऊपर का फ्लैट एक युवा दम्पती का था। कायस्थ थे, इस कारण अभिजित से उनकी जान-पहचान थी। कोई श्रीवास्तव थे। किसी अंग्रेजी अखबार में कम्प्यूटर इंजीनियर। एक शाम कम्प्यूटर इंजीनियर साहब की पत्नी मेरे बेटे के फ्लैट में आई। मेरी बहू से बातचीत करने लगी। हम पति-पत्नी एक कोने में बैठे थे। इंजीनियर साहब की पत्नी मेरी बहू से कहने लगी, ‘कल मेरी सास आई थीं। मालवीय नगर में रहते हैं सास-ससुर। सास कहने लगीं कि बहू, बीस-बाईस दिन के लिए मैं तीर्थाटन पर जा रही हूँ। तुम्हारे ससुर बीमार रहते हैं, यह तो जानती ही हो। असमर्थ हैं कहीं बाहर निकलने से। मैंने सोचा कि बीस-बाईस दिन उनको तुम्हारे पास रख दूँ। लौटकर आऊँगी, इनको ले जाऊँगी।...’ मैं तो मुश्किल

में पड़ गई। साफ-साफ कह दिया, 'माँ जी, मैं नहीं रख सकती। आप कोई और इन्तजाम कीजिए।'"

महतो जी बोले, "एकदम सीधा जवाब दे दिया—नहीं रखूँगी! वाह री बहू! कोई बहाना नहीं, सीधा जवाब!"

शिवनाथ बाबू महतो जी का चेहरा देखने लगे, हालाँकि साँझ घिर रही थी और सब कुछ धूमिल दिखने लगा था।

छोटू बाबू बोले, "यह कोई एक घटना नहीं है, आम बात है। महानगरों में ऐसे लोगों की संख्या हजार में नहीं, लाखों में है—तुम अलग, हम अलग।"

महतो जी दोनों हथेलियों से अपना चेहरा कुछ इस तरह पोंछने लगे, जैसे कुछ कहीं से उड़कर आया हो और चेहरे पर सट गया हो! तीन-चार बार चेहरे पर हथेलियाँ फेरने के बाद जब उनको लगा कि सटी हुई चीज अब नहीं है, तब धीरे से बोले, "हम किस्मत वाले हैं। बाप रे, फ्लैट में अकेले बूढ़ा-बूढ़ी हों और बात करनेवाला कोई न हो! कैसे कटता होगा उनका समय, सोचकर भय होता है।" छोटू बाबू ने इस तथ्य को थोड़ा और खोला, "जबकि बूढ़ों के पास या अकेली रह रही बुढ़िया के पास अपना मकान या फ्लैट होता है, बैंक में लाखों रुपये होते हैं, मगर वही एकान्त-सुनसान जिन्दगी! ऐसे कई लोग डॉगी पालते हैं। डॉगी समझते हैं न—डॉग! कुत्ता!...वही अपना होता है। ऐसा भी होता है कि एक ही कॉलोनी में हैं बूढ़ा-बूढ़ी, बेटा-बहू, उनके बाल-बच्चे। बूढ़ा-बूढ़ी बेटे के फ्लैट के पास से गुजर रहे हैं। नजर बेटे के फ्लैट पर है। पोता-पोती ने देख लिया तो पुकारते हैं—दादाजी! दादी!...हाथ हिला दिये। हो गई मुलाकात।"

शिवनाथ बाबू बोले, "ये बड़े शहरों के बाशिन्दे हम लोगों को गँवार समझते हैं—हम हैं गँवार, हमारे पास तुम्हारे-जैसा सुख नहीं है, मगर हम चुपचाप एकान्त की गूँगी-बहरी जिन्दगी नहीं जीते हैं।"

महतो जी पता नहीं क्यों, सहम-से गए, "मैं तो सोच भी नहीं सकता कि आदमी को दस-पाँच लोग न मिलें टोकनेवाले, बात करनेवाले न मिलें तो कैसे जिन्दा रहेंगे...!"

इसी बीच सीताराम चौरसिया का नौकर बनारसी टिनहा थाली में तीन

गिलास चाय ले आया—एक गिलास बिना चीनी वाली चाय, जो थाली में अलग रखी हुई थी।

महतो जी ने बिना किसी प्रसंग के दोनों हाथ इस तरह जोड़ लिये, जैसे प्रार्थना कर रहे हो, "इसी तरह हँसते-बोलते-बतियाते बची हुई उम्र कट जाए, भगवान से यही प्रार्थना करते हैं।"

शिवनाथ बाबू ने महतो जी को प्रार्थना की दयनीय मुद्रा में देखा तो सोचने लगे—इस तरह क्यों बोल रहे हैं महतो जी! अन्दरूनी कोई बात तो नहीं है? कहीं हार्ट वाला प्रॉब्लम तो नहीं आ गया फिर? कहते तो हैं कि ठीक हैं!

"क्यों महतो जी, आप निराशावादी बात क्यों करने लगे?" शिवनाथ बाबू ने पूछा।

"नहीं, निराशावादी बात नहीं है, लेकिन इधर तबीयत ठीक नहीं चल रही है।"

"दिखाइए डॉक्टर को।" शिवनाथ बाबू बोले। फिर एक नया प्रसंग ले आए, "खवासटोली के रूपलाल को जानते हैं? अरे वही, जो लँगड़ाकर चलते हैं?"

"क्या हुआ लँगड़ू का?" छोटू बाबू बोले, "वह लँगड़ा तो अस्सी पार का होगा।"

शिवनाथ बाबू ने कहा, "रूपलाल के विषय में नई जानकारी मिली है। वे जिलाधिकारी को आवेदनपत्र देकर आए कि बेटा-बहू उनको खाना नहीं देते हैं। रूपलाल जी पुराने मिडिल पास हैं। थोड़ा कानून-कायदा जानते हैं। जिलाधिकारी को दिया गया उनका आवेदनपत्र थाने में आया। दारोगा रूपलाल के घर पहुँचा। पूछा, 'कौन हैं रूपलाल?'

"'जी हुजूर, मैं हूँ रूपलाल।'

"आपका बेटा कहाँ है? आपने शिकायत की है—बेटा आपको खाना नहीं देता है!"

"बेटे रामेश्वर को बुलाया गया। रामेश्वर ने दारोगा से कहा, 'हजूर, खाना नहीं देता हूँ तो ये जिन्दा कैसे हैं, पूछिए?' रूपलाल जी अकबकाने लगे, 'बढ़िया खाना नहीं देता है। कभी बासी रोटी तो कभी दाल में नमक ज्यादा, कभी तरकारी में मिरचाई ज्यादा...'

"रामेश्वर ने दारोगा से कहा, 'सुनिए हजूर, क्या कह रहे हैं ये! जब खाएँ तभी रोटियाँ बनें? आधा लीटर दूध खरीदते हैं। थोड़ा-सा दूध बच्चे को दे दिया तो कहते हैं—दूध कम है। कभी कहते हैं, दूध में पानी मिलाया गया है, छाली क्या हो गई! इतना मीन-मेख निकालते हैं हजूर कि क्या बताऊँ। अपने हिस्से की सारी जमीन इन्होंने बेच ली। पैसे बैंक में जमा हैं।...'

"दारोगा बात समझ गया। रूपलाल से बोला, 'परिवार में रहना सीखिए रूपलाल जी! मैं समझ गया। आप खुराफाती आदमी हैं। आपने ही एक बार एस.पी. साहब को लिखकर दिया था कि आपका बड़ा बेटा आपको जान से मारने की धमकी देता है?'

"रामेश्वर मुस्कराया, 'जी हजूर, भैया के साथ रहते थे। पाँच सौ रुपये महीना खाने का देते थे। भैया के साथ निबाह नहीं हुआ। मैंने इनकी हालत देखी तो अपने साथ रखने लगा। अब देखिए कि नौटंकी कर रहे हैं।'

"दारोगा समझ गया। यह रूपलाल सचमुच में नौटंकी करता है...।"

चढ़ते आश्विन की शाम। झीना-सा पारदर्शी अँधेरा घिरने लगा था। तीनों चबूतरे से उठे। आगे थोड़ी दूर जहाँ तिकोनियाँ मोड़ है, तीनों ने अलग-अलग रास्ता पकड़ लिया।

14

आश्विन का कृष्णपक्ष चढ़ा है। बटचौपाल के पूरब कोका नदी के दोनों किनारों पर कास के उजले फूलों की लम्बी कतार दिखती है। कास के फूलों के कारण दृश्य ही बदल गया है। उजली मोटी लकीरों के बीच पतली-सी जलधारा वाली कोका नदी! आज भी कोका नदी में कोका (कुमुदनी) के फूल खिलते हैं। कोका के फूलने के यही दो महीने होते हैं—आश्विन-कार्तिक। कास के फूलने के भी यही दिन हैं। रुई के फाहों-से फूल हवा में उड़ते हुए दूर-दूर तक चले जाते हैं।

नदी के उस पार गाँव का रेलवे स्टेशन है—राजगंज-मधुरा। पेड़-पौधों की सघनता के कारण बटचौपाल से दिखता नहीं है। रेलवे स्टेशन से इधर-उधर जाने के लिए पक्का रास्ता भी है और 'एकपेड़िया' भी। एकपेड़िया के लिए पुल-पुलिया नहीं है कोका नदी में। एक छोटा रास्ता नदी के सूख जाने के बाद चालू होता है। यही छोटा रास्ता बटचौपाल की बगल से गुजरता है और आगे जाकर तिकोनियाँ मोड़ पर तीन दिशाओं में बँट जाता है।

छोटू बाबू तिकोनियाँ मोड़ पर पहुँचे, तभी देखा, दक्षिण रास्ते से महतो जी तीन-चार लोगों के साथ आ रहे हैं। बगल में शनिवारी हाट से कचपचिया चिड़ियों के कोलाहल-जैसी आवाज आ रही थी। छोटू बाबू महतो जी की

प्रतीक्षा में वहीं तिकोनियाँ मोड़ पर खड़े हो गए। साथ-साथ दोनों बटचौपाल तक आए। सीताराम चौरसिया की दुकान का नौकर बनारसी चबूतरे पर झाड़ू लगा रहा था। ऊपर एस्बेसटस की जो अर्द्धगोलाकार छत है, उस पर बरगद के सड़े हुए लाल-लाल फल, पत्ते और चिड़ियों के बीट थे।

चबूतरे की सूखी फर्श पर राजाराम महतो और छोटू बाबू बैठ गए। छोटू बाबू बोले, "महतो जी, देख रहे हैं न नदी किनारे की फूली कास को! लगता है, जैसे दोनों तरफ चाँदी की दीवारें हों और बीच में कोका नदी!"

महतो जी को तुलसीदास की चौपाई याद आ गई—

फूले कास सकल मही छाई,
जनु बरसा कृत प्रकट बुढ़ाई।

छोटू बाबू ने मुस्कराते हुए कहा, "और इसके आगे है—जानि सरद रितु खंजन आए!"

महतो जी हँसने लगे, "अब कहाँ खंजन! वर्षों से नहीं देखा। खंजन की कौन कहे, कौवे भी कम हो गए। कई पक्षी विलुप्त हो रहे हैं।"

"शिवनाथ बाबू नहीं पहुँचे अब तक?"

"आते ही होंगे। बिना यहाँ आए चैन कहाँ!" महतो जी का उद्‌गार था।

"आपको नहीं लगता महतो जी कि हम मिलते हैं, बातचीत करते हैं तो हम सबका दुख कम हो जाता है?"

महतो जी ने स्वीकृति में सिर हिलाया, "इतना ही नहीं छोटू बाबू! हम बटचौपाल से अपने गाँव-समाज से भी तो जुड़ते हैं और जितना हो सकता है, हम करते भी हैं।"

"यही चीज अब कम हो रही है।"

"जो पढ़े-लिखे हैं, अच्छी नौकरियों में हैं, उनमें और भी कम।"

महतो जी के जवाब से छोटू बाबू प्रसन्न हुए।

"जैसे कि हमारे बेटे!" महतो जी बोलते हुए रास्ते की तरफ देखने लगे।

शिवनाथ बाबू धीरे-धीरे इधर ही आ रहे थे। महतो जी ने पूछा, "क्या शिवनाथ बाबू?"

चबूतरे पर बैठते ही शिवनाथ बाबू बोले, "रणधीर राँची से लौट आया है। परसों उससे मुलाकात हुई थी। बोला, पापा की हालत अच्छी नहीं है। डॉक्टरों ने कहा—मानसिक बीमारी के अलावा हार्ट की बीमारी ज्यादा खतरनाक है। डॉक्टरों ने शीघ्र हार्ट हॉस्पिटल ले जाने की सलाह दी है। रणधीर ने कहा, वह रुपये-पैसे के इन्तजाम के लिए आया है। 'तुम्हारी माँ क्या कह रही है?'—मैंने पूछा तो रणधीर का जवाब था—'माँ कहती है—मेरे गहने बेच दो। बेमतलब पड़े हैं। क्या होगा रख के!'"

छोटू बाबू कुछ सोचते हुए बोले, "चन्द्रानन बाबू के बैंक खाते में लाखों रुपये होंगे, मगर रणधीर की माँ तो ठाने हुई हैं, पति का एक पैसा नहीं लेंगी।"

"अजीब औरत है।" महतो जी की टिप्पणी थी।

थोड़ी देर की चुप्पी रही। महतो जी फिर मुखर हुए, "देखते हैं न, क्या हाल है उस आदमी का जिसके दो बेटे अमेरिका में हैं, बेटी लन्दन में डॉक्टर है। बेटों ने माँ को कैद कर रखा है। 'कैद' ही कहेंगे न, जब अपनी माँ को आने ही नहीं दे रहे! पिता से माँ को बात करने नहीं देते। मुजफ्फरपुर में जो अपने गाँव के टीचर थे गोपेश शर्मा, वे कहते हैं कि दोनों बेटों ने माँ को बाँट लिया है। छह महीने बड़े बेटे के साथ, छह महीने छोटे बेटे के साथ..."

शिवनाथ बाबू बीच में बोल पड़े, "और इधर बाप पागल हो गया।... गोपेश शर्मा ने बताया कि चन्द्रानन बाबू के कॉलेज के कुछ प्रोफेसरों ने बेटों के पते-ठिकाने जानने की कोशिश की, लेकिन कुछ हाथ नहीं आया। चन्द्रानन बाबू के ससुर के पास भी किसी का फोन नम्बर नहीं है। वे बेचारे तो डेढ़-दो साल से बेड पर हैं।"

छोटू बाबू बोले, "हम लोगों के पास तो बस गोपेश शर्मा जो कहते हैं, उतनी भर सूचना है।"

ससुर बलवन्त सिंह धनी आदमी हैं। शहर में उनकी इज्जत है, लेकिन ऐसी बीमारी हो गई है उनको कि उनका सारा कारोबार चौपट हो गया। लकवा रोग है। दोनों पैरों में लकवा मारे हुए है और धीरे-धीरे बाकी अंग भी 'सुन्न' हो रहे हैं।

शिवनाथ बाबू गोपेश शर्मा के हवाले से बोले, "बलवन्त बाबू स्वस्थ

रहते तो पता लगाकर छोड़ते। अपने किसी आदमी को अमेरिका में भारतीय दूतावास भेजना चाहते थे।"

बटचौपाल में अब सन्नाटा था। छोटू बाबू ने इशारे से बनारसी को बुलाया—खाली गिलास ले जाओ।

शाम घिरने लगी थी। तीनों चबूतरे से उठने ही वाले थे कि रणधीर साइकिल से आ पहुँचा। हाँफ रहा था। शिवनाथ बाबू से बोला, "चाचाजी, मैं आपके घर से आ रहा हूँ। काँके से फोन आया है, पापा नहीं रहे।"

"आयँ! नहीं रहे?" शिवनाथ बाबू जो खड़े थे, फिर चबूतरे पर बैठ गए।

"अभी निकलना है राँची के लिए। बलराम चाचा को खबर दे आया हूँ। वे बोले कि तैयार होकर आओ। बस पकड़नी है चाचा। रेलगाड़ी से जाना नहीं हो सकेगा। बस पूर्णिया से मिलती है।"

"पैसे का इन्तजाम हुआ?"

"बलराम चाचा बोले हैं—पैसे की चिन्ता मत करो। देखते हैं न चाचाजी, कितनी मुसीबत में फँस गए हैं हम लोग। बाप ने हमें त्याग दिया था, माँ विधवा की तरह जीती रही और उसी बाप के लिए हम साल-भर से परेशान हैं। एक बीघे धान की लहलहाती फसल रेहन पर लगी हुई है। माँ की बात मैं काट भी नहीं सकता। कितने दुख सहकर माँ ने पाला-पोसा, पढ़ाया-लिखाया, हमेशा अच्छा रास्ता बताती रही, उस माँ का कहा टाल दूँ, यह मुझसे होगा नहीं।"

रणधीर चला गया। तिकोनियाँ मोड़ पर अलग होते तीनों ने तय किया, कल रणधीर के घर जाना चाहिए।

दूसरे दिन छोटू बाबू, शिवनाथ बाबू और राजाराम महतो ने फोन पर आपस में बात की। तय हुआ कि आज तीन बजे हम लोग रणधीर के यहाँ पहुँचें। रणधीर कल शाम बलराम यादव के साथ राँची के लिए निकल गया है।

रणधीर का वही पुराना मकान है जो भूमिहार टोले के लगभग बीच में है। भूमिहार टोले को ब्रह्मर्षि टोला कहते हैं, लेकिन यह नाम सिर्फ टोले वालों का है। उच्चारण में कठिन होने के कारण दूसरे लोग इसे भूमिहार टोला ही कहते हैं।

चन्द्रानन बाबू की मृत्यु-सूचना गाँव में फैल चुकी थी। कल शाम से ही

लोग आ रहे थे। रणधीर के पड़ोस की तीन-चार औरतें रणधीर की माँ के पास रात भर रहीं। रणधीर की पत्नी माँ की देख-रेख में लगी रही। चूल्हा नहीं जला। रणधीर के बेटे के लिए पड़ोस से खाना आया।

छोटू बाबू, महतो जी और शिवनाथ बाबू बारी-बारी से रणधीर के दरवाजे पर पहुँचे। रणधीर की माँ बरामदे में कुछ औरतों के साथ चटाई पर बैठी थीं। मकान के जिस बाहरी कमरे में कुछ दिन पहले चन्द्रानन बाबू को रखा गया था, छोटू बाबू ने झाँककर कमरे के अन्दर की चीजों को देखा। दरअसल वे दीवार में बने उस रैक को देखना चाहते थे जिसमें किताबें, नोटबुक और कपड़े में बँधे रजिस्टर वगैरह थे।

कमरे में पलंग था। पलंग पर चादर बिछी थी। बगल की मेज पर किताबें, नोटबुक वगैरह करीने से रखे हुए थे। छोटू बाबू दरवाजे पर खड़े थे और चन्द्रानन शर्मा 'चकोर' के 'यशोधरा' खंडकाव्य की दो पंक्तियाँ जो उनकी स्मृति में अटकी पड़ी थीं, उन पंक्तियों को याद कर रहे थे।

छोटू बाबू कुछ सोचकर हँसे—'कितनी भोली है रणधीर की माँ! पति ने दूसरी शादी कर ली, गाँव वाली पत्नी को भूल गए, भूल गए कि उनका एक बेटा भी है, माँ भी है। उसी पति की अभ्यर्थना में डूबी रही रणधीर की माँ। उनकी किताबों, डायरियों और नोटबुक को धरोहर की तरह सहेजे रही। पति के मोहपाश को तोड़ नहीं पाई। उधर पति पागलपन में दूसरी पत्नी का नाम लेकर चीखते-चिल्लाते रहे—अन्नो! अन्नो!! इधर गाँव वाली पत्नी यही विश्वास किये बैठी रही कि चाहे कुछ हो, 'यशोधरा' खंडकाय में वही है यशोधरा! धन्य हो तुम रणधीर की माँ!' मन-ही-मन बोलकर छोटू बाबू दरवाजे पर खड़े कभी इस भ्रमित यशोधरा को देखते, कभी मेज पर रखी किताबों, डायरियों और नोटबुक के पुलिन्दे को।

छोटू बाबू, शिवनाथ बाबू और महतो जी के लिए पड़ोस के मंगल चाचा के घर से चाय आ गई। छोटू बाबू चीनी वाली चाय नहीं पीते, फिर भी दो-चार घूँट पी ली।

शिवनाथ बाबू ने चलते-चलते रणधीर की माँ से कहा, "बहुरिया, चिन्ता मत करना। जो सुख मिला ही नहीं, उसके जाने का दुख कैसा! तुमने अपना

धर्म निभाया। लोग याद करेंगे। चन्द्रानन बाबू के क्रिया-कर्म में हम साथ रहेंगे। कोई जरूरत हो तो किसी को भेज देना।"

महतो जी आज मन्द दिख रहे थे। शिवनाथ बाबू ने गौर किया, कुर्सी पर बैठे वे बार-बार बाएँ कन्धे को दाहिनी हथेली से दबा रहे हैं।

"क्या महतो जी, कोई तकलीफ है बाँह में?"

"हाँ, बाईं बाँह में दर्द रहता है। पैदल आया हूँ न, थक गया हूँ। छाती में एक-दो बार दर्द हुआ। तबीयत खूब ठीक नहीं लग रही है।"

"थोड़ी-बहुत शिकायत तो आपको पहले से है।"

"हाँ, पहले से है। इधर परेशानी कुछ बढ़ गई है।"

"देर मत कीजिए महतो जी। पूर्णिया जाइए डॉक्टर के पास।" शिवनाथ बाबू ने आदेश देने-जैसा वाक्य कहा।

लौटते समय महतो जी प्रायः चुप ही रहे। छोटू बाबू और शिवनाथ बाबू चन्द्रानन शर्मा की मृत्यु से ज्यादा रणधीर की माँ पर ही बातचीत करते रहे।

"अजीब स्त्री है यह रणधीर की माँ! लीक से हटकर।"

शिवनाथ बाबू बोले, "जो लीक से हटकर चलते हैं, उसी को लोग याद करते हैं। लोग रणधीर की माँ का हवाला देंगे—एक ऐसी भी स्त्री थी।"

बाजार में रिक्शा दिख गया। छोटू बाबू ने महतो जी से कहा, "रिक्शा ले लीजिए महतो जी! तबीयत ठीक न हो तो पहुँचा आऊँ आपको?"

महतो जी कहरते हुए कुछ बोले और रिक्शेवाले को हाथ के इशारे से रुकने को कहा।

15

अगले शनिवार के बटचौपाल में जाने से पहले शिवनाथ बाबू ने छोटू बाबू से फोन पर कहा, "आज हम लोगों के चौपाल में एक नये आदमी आएँगे। हर साल दशहरे में आते हैं न बिरजू बाबू, इस बार भी आए हैं। लेता आऊँगा उनको। बड़ी दिलचस्प कहानी है उनकी।"

ब्रजनन्दन सहाय को लोग 'बिरजू बाबू' कहते हैं। गाँव के लालजी टोले के हैं। 'हैं' कहने से ज्यादा सही होगा, लालजी टोले के थे। अब पटनियाँ हो गए हैं। लालजी टोला लालजी सहाय के नाम पर है। लालजी सहाय पटना हाई कोर्ट के जज थे। उन्हीं के नाम पर कायस्थों का टोला 'लालजी टोला' कहा जाता है। टोले के ज्यादातर लोग बाहर चले गए हैं। उसी टोले में बिरजू बाबू का घर है। छोटे भाई लक्ष्मण सहाय गाँव में ही रहते हैं। खेती-बाड़ी है अपनी। बिरजू बाबू हर साल दशहरे में छोटे भाई के घर आते हैं। आठ-नौ बीघे जमीन थी। एक बीघा जमीन छोड़ बाकी जमीन बेचकर बेटे के लिए पटने में फ्लैट खरीद लिया और वहीं रहने लगे। वैसे उनका पुश्तैनी मकान अभी भी यहाँ है।

बिरजू बाबू को एक बेटा, एक बेटी। बेटी बड़ी थी। शादी कर दी बेटी की। बेटा सच्चिदानन्द ने अपनी मर्जी से शादी की। पिता बिरजू बाबू और चाचा लक्ष्मण सहाय को सच्चिदानन्द ने शादी में बुलाया। बुलाया कुछ इस ढंग से कि न भी आइए तो भी शादी होगी। बिरजू बाबू और लक्ष्मण सहाय शादी में बेमन से शामिल हुए। बिरजू बाबू बेटे के व्यवहार से दुखी थे, लेकिन करते क्या?

सच्चिदा पटना सचिवालय में नौकरी करता है। बेटे से मिलने वे पटना जाते तो बेटा-बहू पीछे पड़ जाते, "पापा, हमें सेवा करने का मौका दीजिए। साठ पार की उम्र है आपकी। भाई के परिवार में रहते-खाते हैं। लेकिन भाई-बन्द कब तक? आपकी जमीन लक्ष्मण चाचा उपजाते-खाते हैं। आपको क्या मिलता है?"

बहू कहती, "पापाजी, हमें आपकी छत्रच्छाया चाहिए। हमें अभिभावक चाहिए। आप हमारे साथ आकर रहिए। हमें सेवा का मौका दीजिए पापा।"

पोता गोलू साल-सवा साल का था। बहू पोते को उनकी गोद में रख देती। बिरजू बाबू निहाल हो जाते।

बेटा सच्चिदा कहता, "पापा, आप हमारे साथ रहिए। एक फ्लैट खरीद लेते हैं। अभी बारह लाख में तीन कमरे का फ्लैट पटेल नगर में मिल रहा है।"

हर पाँच-छह महीने पर गाँव से चावल, दाल, गेहूँ लेकर बिरजू बाबू बेटे से मिलने पटना जाते। वहाँ बेटा-बहू और पोते के मोह में इस तरह डूब जाते कि गाँव लौटने का मन नहीं होता था। बेटा-बहू आजू-बाजू बैठकर इसरार करते, "पापा, गाँव की जमीन बेच डालिए। यहाँ फ्लैट खरीद लेते हैं। किराये में बेमतलब बहुत पैसे निकल जाते हैं। जमीन रखकर आप करेंगे क्या? किसके लिए 'जोगाकर' रखे हुए हैं जमीन? हमारे लिए न! फिर चाचाजी पर इतना भरोसा क्यों किए हुए हैं...?"

साल में तीन बार पटना गए बिरजू बाबू। तीसरी बार पटना से लौटे तो बेटे-बहू का अनुनय सिर पर सवार था—'यहीं आकर रहिए पापा, हमें सेवा का मौका दीजिए।'

फ्लैट खरीदने के लिए जमीन बेचने की बात बिरजू बाबू ने छोटे भाई लक्ष्मण से कही। लक्ष्मण जी बोले, "जमीन आपकी है भैया। आप जो चाहें, करें।"

और इस तरह बिरजू बाबू को सात बीघे का ग्राहक कुर्मी टोले में मिल

गया। लक्ष्मण जी ने बिरजू बाबू से कहा, "मेरी सलाह है भैया, पूरी जमीन मत बेचिए। सच्चिदा को बारह लाख चाहिए न, छह बीघे के पन्द्रह लाख मिल जाएँगे। ढाई लाख रुपये बीघे के हिसाब से जोड़ लीजए—छह अढ़े पन्द्रह। बाकी तीन लाख बैंक के एफ.डी. में डाल दीजिए। हर महीने ब्याज मिलता रहेगा। किसी जरूरत के लिए बेटे से माँगना नहीं पड़ेगा।"

पटने में बेटे के नाम से बिरजू बाबू ने फ्लैट खरीद लिया। पटेल नगर में तीन कमरे का फ्लैट। तीसरे तल्ले पर था फ्लैट। लिफ्ट की सुविधा थी।

एक बीघा जमीन और पुश्तैनी मकान छोटे भाई लक्ष्मण को सौंप, बिरजू बाबू बेटे के पास पटना आ गए।

साल-भर सब ठीक-ठाक चला। फिर बहू का असली रूप सामने आने लगा। बेटा भी फ्लैट खरीदने के पहले जैसा था, वैसा नहीं रहा। किचकिच शुरू हुई। बिरजू बाबू को बासी-तिबासी फ्रिज में रखा खाना मिलने लगा। दूध बन्द। बिरजू बाबू ने अपने लिए आधा लीटर दूध खरीदना शुरू किया। अपने कमरे में सत्तू का डिब्बा रखने लगे। बेटा सच्चिदानन्द किसी मामले में उन्नीस-बीस होने पर कहता, "पापा, आप ही का घर है।" 'आप ही का घर है' के अन्तर्गत पोते को स्कूल-बस तक पहुँचाना-ले आना, बाजार से साग-सब्जी खरीदना, गेहूँ पिसवाकर ले आना आदि काम शामिल थे।

सब्जी देखकर कभी-कभी बहू के जहरीले बोल भी सुनने को मिलने लगे, "यह सूखी हुई सब्जी कहाँ से ले आए हैं? देखिए तो बैगन! आधे सड़े हुए हैं और यह प्याज...?" झोले में छोटे-से छेद के कारण थोड़ी-सी चीनी गिर गई थी। बहू की पकड़ में आ गई, "चीनी ढाई किलो तो नहीं लगती है।"

बिरजू बाबू बोले थे, "झोले में छोटा-सा छेद था, थोड़ी गिर गई होगी।"

"तो आपको देख लेना चाहिए था।"

कैसे कहते कि झोला तो तुमने दिया था, तुमने क्यों नहीं देखा?

ढेर सारी बातें। मानसिक रूप से प्रताड़ित और अपमानित बिरजू बाबू असहाय जैसे हो गए थे। सुबह बगल के पार्क में टहलने जाते। वहाँ थोड़ा सुकून मिलता। रोज की उनकी रूटीन बन गई थी यह। बेंच पर बैठकर आगत-अनागत पर सोचते रहते। थोड़ा घूम लेते, फिर बैठ जाते और बूढ़ों,

बच्चों, औरतों-लड़कियों को देखते रहते। घंटा-डेढ़ घंटा इसी में निकल जाता।

वे देखते—पार्क के एक कोने में गुमसुम बैठी एक महिला को। साँवली-सी, उम्र साठ को छूती हुई। लम्बे कद की उस महिला में अनजाने ही बिरजू बाबू की दिलचस्पी बढ़ गई थी। महिला कुछ अलग प्रकृति की दिखाई पड़ती थी। उनको पार्क जाते लगभग तीन साल हो गए थे।

एक दिन पार्क से निकलते वक्त उस महिला ने बिरजू बाबू से पूछा, "आप यहीं कहीं रहते हैं? ढाई-तीन साल से आपको देख रही हूँ।"

"हाँ, यहीं। सेंट मेरी स्कूल है न, उसकी बगल में अपार्टमेंट है मधुबन अपार्टमेंट, उसी में...। वैसे मैं मूलरूप से गाँव का रहनेवाला हूँ।"

"मैं भी गाँव की हूँ। यू.पी. में गाजीपुर है न, वहीं के एक गाँव में। आपका अपना फ्लैट है जिसमें आप रहते हैं?"

"अपना ही समझिए। बेटे के साथ रहता हूँ।"

"तो कहिए न कि आपका 'डेरा' है, घर नहीं है।"

'डेरा' और 'घर' का फर्क? बिरजू बाबू चक्कर में पड़ गए थे। डेरा क्या, घर क्या?

महिला ने अपने बारे में बताया, "पार्क के सामने वह जो बोगनबेलिया के फूलों वाला दुमंजिला दिख रहा है, उसी में रहती हूँ। अपना मकान है। पति नहीं हैं। एक बेटा है। हैदराबाद में रहता है। इंजीनियर है।"

महिला ने पहली मुलाकात में ही बहुत-कुछ बता दिया। साथ चलते अपने घर के पास पहुँची तो बिरजू बाबू से बोली, "चलिए, चाय पी लीजिए। "

छोटा-सा दुमंजिला मकान। ऊपर के दो कमरों का फ्लैट किराये पर लगता है। नीचे भी दो कमरे हैं। थोड़ी-सी खाली जगह है—सोफे-कुर्सियों के लिए।

बिरजू बाबू के हाथ में चाय का कप देती महिला बोली, "मैंने आपका नाम तो पूछा ही नहीं।"

"सिर्फ नाम पूछ रही हैं या नाम के बहाने जात पूछ रही हैं?"

"नहीं, सिर्फ नाम।"

"लीजिए, दोनों बता देता हूँ—ब्रजनन्दन सहाय।"

"मेरा नाम पार्वती है—पार्वती वर्णवाल। पति जो अब नहीं हैं, उनका

नाम गणपति वर्णवाल। यहीं पटना में कृषि विभाग में अफसर थे। उनको गुजरे चौदह साल हो गए। यह मकान उन्होंने जमीन खरीदकर बनवाया था। वे इसी बिहार के थे। सहरसा जिले में सोनवर्षा एक गाँव है, वहीं के। मैं कई बार उनके गाँव गई थी।"

पहले ही दिन इतना परिचय हो गया कि आगे के लिए कुछ खास बचा नहीं। अब रोज सुबह पार्क में पार्वती जी से मुलाकात। पार्क से लौटते समय अक्सर पार्वती जी का चाय पी लेने का आग्रह। बिरजू बाबू ने कई बार चाहा, पार्वती जी को अपने 'घर' ले चलें, लेकिन यह सोचकर कि बेटा-बहू क्या अर्थ लगा लें, उन्होंने पार्वती जी को अपने फ्लैट में आने या साथ चलने का आग्रह नहीं किया। बहू का क्या ठिकाना? कहीं चाय भी न दे!

ऐसा हो चुका है, इसलिए ऐसा सोचते हैं। ढाई-तीन साल पहले की बात है। चौक पर अचानक ससुराल के रिटायर्ड हेडमास्टर यादव जी मिल गए। यादव जी को अपने फ्लैट में ले गए। बहू से चाय बनाने के लिए कहा। वह पूजा पर बैठी थी, दो घंटे तक पूजा ही करती रही। चाय नहीं बनी।

दूसरी घटना उसके बाद की है जब इसी मुहल्ले के एक परिचित उनसे मिलने आए। चाय नहीं मिली। बिरजू बाबू ने खुद किचन से एक गिलास पानी लेकर उनको पिलाया।

पार्वती जी से बिरजू बाबू का परिचय कैसे प्रगाढ़ होता गया, इसका अहसास उनको उस दिन हुआ जिस दिन पार्वती जी ने कहा, "मेरा एक कमरा यों ही खाली पड़ा रहता है। आप चाहें तो यहीं चले आएँ। मुझे अच्छा लगेगा। अकेली रहती हूँ। आप रहें तो समय कट जाएगा। मुझे कोई ऐसी कमी भी नहीं है। फैमिली पेंशन मिलती है, फिर आठ हजार किराया आता है। बेटा हर तीसरे महीने मेरे बैंक खाते में चालीस हजार रुपये डाल देता है। क्या करूँगी इतने पैसे का?"

बिरजू बाबू ने हँसते हुए कहा, "मेरे पास कुछ खास नहीं है। बैंक में फिक्स्ड डिपोजिट है। उसका हर महीने ब्याज मिलता है। मेरा भाई हर साल बीस हजार रुपये देता है। बस, यही है मेरी कुल आय।"

"बहुत है।" बोलकर पार्वती जी हँसने लगीं।

उसके बाद कई दिनों तक बिरजू बाबू आत्ममंथन के दौर से गुजरे। अच्छा-बुरा सोचा। फिर एक दिन फैसला कर लिया। अटैची, बैग, सत्तू का डिब्बा वगैरह लेकर बेटे के फ्लैट से निकल गए। निकलते समय बहू से बोले, "मैं जा रहा हूँ। यहीं पटने में रहूँगा।"

राजगंज-मधुरा गाँव के कुछ लोग पटना में रहते हैं। खबर गाँव पहुँच गई—बिरजू बाबू ने बेटे का घर छोड़ दिया है, किराये के मकान में चले गए हैं। इसके साथ यह खबर भी गाँव पहुँची—उन्होंने किसी विधवा से शादी कर ली है।

ऐसी चटपटी खबरें गाँव के हर आयु-वर्ग के लोगों का पर्याप्त मनोरंजन करती हैं। लिहाजा, गाँव के लोगों के बीच यह चर्चा चलती रही। छोटे भाई लक्ष्मण सहाय शर्मिंदा हुए। फोन पर बिरजू भैया से बात की, "यह आपने क्या किया भैया?"

बिरजू बाबू ने गोल-मटोल जवाब दिया जिसका अर्थ 'हाँ' में भी था, 'ना' में भी। "दुर्गापूजा में आऊँगा, तब बात होगी।"

और अब बिरजू बाबू दुर्गापूजा में गाँव आए हैं। पहले भी हर साल आते रहे हैं, लेकिन इस बार का आना कुछ खास है। कल सुबह पहुँचे हैं गाँव—छोटे भाई लक्ष्मण के घर, जहाँ उनका भी खपरैल का पुश्तैनी मकान है।

कल शाम रास्ते पर शिवनाथ बाबू से बिरजू बाबू की मुलाकात हो गई थी। शिवनाथ बाबू ने हँसते हुए पूछा था, "क्या बिरजू बाबू, सुना कि शादी की है? बहुरिया भी आई है क्या?"

"नहीं भाई साहब, कहाँ शादी? कहाँ बहुरिया? आप भी भाई साहब, अफवाहों में आ गए? इस उमर में शादी करूँगा?"

"तो फिर यह सब झूठ है क्या?"

"नहीं भाई साहब, पूरा झूठ भी नहीं है, पूरा सच भी नहीं है। आधी हकीकत, आधा फसाना।" हँसते हुए बिरजू बाबू ने प्रसंग बदला, "अच्छा, आप लोगों का बटचौपाल चल रहा है?

"हाँ, चल रहा है। बस, एक चले गए हमारी महफिल से।"

"वो पाठक जी, रामदहिन पाठक? मालूम है। उनके दिल्ली वाले बेटे

समरेश के बारे में भी पता है। ऐसा है कि कल शनिवार है। आपके बटचौपाल में आ रहा हूँ। वहीं सारी बातों का खुलासा होगा—आप ऐसा करें भाई साहब, कल चार बजे शाम से कुछ पहले मेरे घर आ जाइए। हम साथ-साथ चलेंगे।"

शिवनाथ बाबू ने कहा, "फोन से बता देता हूँ छोटू बाबू और महतो जी को।"

"महतो जी कौन?"

"अजी, राजाराम महतो।"

"अच्छा, हाँ, कोइरी टोले वाले, जिनका बड़ा बेटा इंजीनियर है और छोटा किसी शिपिंग कम्पनी में है!"

"हाँ, वही महतो जी—राजाराम महतो।"

"तो ठीक भाई साहब, कल हम मिलते हैं।"

कल यानी शनिवार! बटचौपाल का दिन। दो दिन बाद कलश-स्थापन है। बटचौपाल में शिवनाथ बाबू के साथ बिरजू बाबू भी आए। बिरजू बाबू चबूतरे के नजदीक पहुँचे तो छोटू बाबू और महतो जी स्वागत में खड़े हो गए। महतो जी ने हँसते हुए कहा, "क्या बिरजू बाबू, सुना कि शादी की है? इस बुढ़ौती में क्या सूझी आपको? कैसे भँसिया गए?"

बिरजू बाबू हँसने लगे, "भाई साहब, कौवा कान लेकर उड़ गया तो पहले आप कान को छूकर देखिएगा कि उड़ते कौवे के पीछे दौड़िएगा?"

महतो जी इस जवाब से निरुत्तर हो गए, "नहीं, पूरे गाँव में चर्चा है, इसलिए पूछा।"

"चर्चा है तो एकदम झूठ भी कैसे होगी!"

छोटू बाबू, शिवनाथ बाबू और महतो जी यह रहस्यमय उत्तर सुन एक-दूसरे को देखने लगे।

"असल में क्या है भाई साहब कि भँसियाया पहले था जब बेटे के साथ, बेटे की कृपा पर उसके साथ रहता था। बाद में अपने-आप रास्ता निकल आया। बहुत सताया बेटे-बहू ने। अब मैं सता रहा हूँ।"

"आप सता रहे हैं?"

महतो जी की जिज्ञासा पर हँसते हुए बोले बिरजू बाबू, "सताया ऐसे कि

बेटा-बहू का फ्लैट छोड़कर उसी कंकड़बाग कॉलोनी में रहने लगा हूँ। जहाँ रहता था, उस अपार्टमेंट के लोग जान गए हैं कि मैंने बेटे का फ्लैट छोड़ दिया है। पूछते ही होंगे लोग बेटे से कि पापा क्यों चले गए।

"अच्छा पाठ पढ़ाया आपने।" छोटू बाबू बोले, "जो बूढ़े माँ-बाप शहरों में बेटे-बहू के साथ रहते हैं, वे अक्सर हीनताबोध से, ग्रस्त रहते हैं। उनको हमेशा यही लगता है कि वे असहाय हैं, दूसरे पर आश्रित हैं। उससे भी बड़ा दुख यह कि अपनी मर्जी की वे कुछ कर नहीं पाते। उनका सबसे बड़ा दुख होता है परनिर्भरता। क्यों, मैं ठीक कह रहा हूँ न बिरजू बाबू?"

"एकदम ठीक।"

"हम लोग इस दुख से बच गए छोटू बाबू।" शिवनाथ बाबू कुछ इस तरह बोले, जैसे बड़े भाग्यवान हों!

"सही बात। हम लोग कभी असहाय नहीं हुए कि बेटे पर निर्भर रहें। जैसे भी हैं, जिस हाल में हैं, लेकिन आजाद हैं।"

"यही तो हमारे गाँव की जिन्दगी का वरदान है। यहाँ बेटा माँ-बाप को न खिलाए तो उसके लिए गाँव का दबाव होता है बेटे पर। पंचायत है। वह सरकारी ग्राम पंचायत नहीं, समाजी पंचायत। यानी सामाजिक दबाव।"

महतो जी और शिवनाथ बाबू की बातचीत में छोटू बाबू ने हस्तक्षेप किया, "वैसे कानून भी बन गए हैं। माँ-बाप की उपेक्षा करनेवाले बेटों-पोतों को छह महीने की जेल।"

महतो जी बोले, "अभी बहुत-कुछ बचा हुआ है गाँव में। बिरजू बाबू को तो बेटे-बहू ने मोह-पाश में बाँध लिया था। लक्ष्मण सहाय कह रहे थे, उन्होंने बिरजू बाबू को समझाया था।"

"हाँ, समझाया तो था लक्ष्मण ने।"

"खैर, छोड़िए। अब तो आप बाहर निकल आए हैं। उसी मुहल्ले में रहते हैं और बेटे-बहू को चिढ़ाते हैं कि देखो!" शिवनाथ बाबू हँस रहे थे और बिरजू बाबू का चेहरा देख रहे थे।

"अच्छा, आप लोगों ने गौर किया? बिरजू बाबू तो हर साल दशहरे में गाँव आते रहे हैं। आप लोगों ने इनको कभी इतना प्रसन्न देखा था?"

बिरजू बाबू लजा गए। बाकी तीनों हँसने लगे।

शिवनाथ बाबू ने पूछा, "बिरजू बाबू, बुरा मत मानिएगा। सच बताइए, आपने शादी की है या नहीं?"

बिरजू बाबू ने मुस्कराते हुए जवाब दिया, "नहीं भाई साहब, शादी नहीं की है। बस, एक विधवा के साथ उसके घर में रहता हूँ। नाम है पार्वती। पार्क में जान-पहचान हुई, घनिष्ठता हो गई। पार्वती जी ने मुझसे पूछा, 'मेरा एक कमरा खाली है, रहेंगे? किराया नहीं लूँगी। अकेली रहती हूँ। कभी-कभी ऊब होती है जिन्दगी से।' मैंने सोचा कि मैं भी अकेला, पार्वती जी भी अकेली। गणित में पढ़ा था हम लोगों ने!" बिरजू बाबू ने खास तौर पर छोटू बाबू से कहा, "गणित में माइनस-माइनस प्लस हो जाता है।"

बटचौपाल के सारे सदस्य पढ़े-लिखे हैं। छोटू बाबू ग्रेजुएट हैं तो शिवनाथ बाबू इंटर पास हैं। बस, राजाराम महतो स्थानीय उच्च विद्यालय से मैट्रिकुलेट हैं।

"तो आपने अपने बेटे-बहू को धता बता दिया!" हँसते हुए बोले छोटू बाबू।

"हाँ, पाठ तो जरूर पढ़ा दिया भाई साहब! एक घटना सुनाता हूँ। चार महीने पहले की बात है। पार्वती जी का जन्मदिन था। बोलीं कि चलिए, आज हम होटल में खाएँगे। मैंने कहा, 'आपकी दोस्त हैं न राजेन्द्रनगर वाली सुस्मिता जी, उनको भी साथ कर लें।' पार्वती जी बोलीं, 'हाँ, बात कर लेती हूँ उससे। वह भी चलेगी।'

"शाम तक आ गईं सुस्मिता जी। आस-पड़ोस के आठ-दस लोग। ऊपर के फ्लैट में रहनेवाले किरायेदार का परिवार। केक काटा गया—हैप्पी बर्थडे! पार्वती जी मुझसे बोलीं, 'पहली बार जन्मदिन मना रही हूँ बिरजू बाबू।'

"मैं, पार्वती जी और सुस्मिता जी आदर्श रेस्टोरेंट पहुँचे। रात हो गई थी।... अब सुनिए!" बिरजू बाबू अपनी हँसी मुँह में इस तरह घुलाते रहे, जैसे मगही पान की गिलौरी चबा रहे हों! "आदर्श रेस्टोरेंट पटना के बढ़िया रेस्टोरेंटों में है। हम तीनों एक टेबुल को घेरकर बैठ गए। लम्बी टेबुल की दोनों तरफ छह कुर्सियाँ लगी थीं, यानी तीन कुर्सियाँ हमारे बैठ जाने के बाद भी खाली थीं। पार्वती जी मेनू देख रही थीं। तभी अकस्मात् देखा कि बेटा-बहू और पोता गोलू आए हैं। बेटे-बहू ने मुझे देखा नहीं था। वे सामने की खाली कुर्सियों पर

बैठने ही जा रहे थे कि पोता गोलू चीखता हुआ बोला, 'दादाजी! दादाजी!!' बेटे-बहू ने मुझे देखा। उनकी समझ में नहीं आ रहा था कि वे किधर जाएँ। बेटा और बहू मुड़कर दूसरी तरफ जाने लगे। गोलू पलट-पलट कर मुझे देखता रहा और बोलता रहा—'दादाजी! दादाजी!!'

"सच कहूँ छोटू बाबू, मेरा दिल बहुत रोया पोते को देखकर। फिर खाने का मन नहीं हुआ। पोते की पुकार रुला गई। अभी आप लोगों को यह सुनाते हुए दिल भर आया है। पार्वती जी ने पूछा था, 'आपका पोता था क्या? और वे दोनों आपके बेटा-बहू थे?'

"मैं मन-ही-मन रो रहा था। पार्वती जी को क्या जवाब देता!"

16

आज के चौपाल में बिरजू बाबू फिर शामिल हैं। अभी पटना नहीं गए हैं। राजाराम महतो नहीं आए हैं। फोन करने पर उनके भतीजे ने बताया, उनकी तबीयत ठीक नहीं है। ब्लडप्रेशर कुछ ज्यादा ही बढ़ गया है। अन्य उम्रजन्य बीमारियाँ तो हैं ही। महतो जी का स्वभाव ही कुछ ऐसा है कि जल्दी कहते नहीं हैं किसी से कि उनको क्या परेशानी है। इधर जब उनको सीने का दर्द बर्दाश्त से बाहर हो गया, भतीजों ने स्थानीय डॉक्टर से दिखाया। डॉक्टर की ही सलाह है कि बड़ा भतीजा उनको पटना ले जाने की बात कर रहा है। आई.जी.एम.एस. या हार्ट हॉस्पिटल में दिखाएगा।

शिवनाथ बाबू महतो जी की बीमारी के बारे में बोले, "असल बात यह है कि वे अपनी बीमारी के बारे में किसी को बताते नहीं हैं। हालत जब बेकाबू हो जाती है तभी पत्नी से कहते हैं। पत्नी फिर भतीजों से कहती है।"

छोटू बाबू बोले, "उनका भतीजा कह रहा था, परसों वे कुर्सी पर बैठे-बैठे लड़खड़ाकर गिर पड़े। हॉस्पिटल ले जाया गया! डॉक्टर झा ने कहा—जितनी जल्दी हो सके, इनको पटना या दिल्ली ले जाइए।"

शिवनाथ बाबू बोले, "कल चलिए, महतो जी को देखने चलते हैं।"

बिरजू बाबू ने कहा, "मुझे क्यों छाँट रहे हैं? मैं भी चलूँगा। समय बता दीजिए।"

"वही तीन-चार बजे शाम में।"

"ठीक है, मैं पहुँच जाऊँगा।" बिरजू बाबू शिवनाथ बाबू और छोटू बाबू के उदास चेहरे देखने लगे।

छोटू बाबू बिरजू बाबू से मुखातिब हुए, "आप यहीं क्यों नहीं रह जाते बिरजू बाबू? हम तीन लोगों के चौपाल में आपके शामिल होने से जान आ जाएगी।"

"नहीं छोटू बाबू, मैं पटने में ठीक हूँ। अब गाँव लौटने पर बेइज्जती होगी। लोग कहेंगे? बेटे के साथ निबाह नहीं हुआ, इसलिए भाग आए! फिर गाँव में मेरा रहा क्या! एक बीघा जमीन बची है, टूटी-फूटी खपरैल है। लक्ष्मण पर बोझ बनना नहीं चाहता। दूर रहिए तो आत्मीयता बनी रहती है, साथ रहने लगिए तो कई समस्याएँ आने लगती हैं। फिर मैं अब अधिकार के साथ कुछ बोल भी नहीं सकता। वहीं ठीक हूँ छोटू बाबू! साथी मिल गई है, हँसते-खेलते जिन्दगी के बचे हुए दिन कट जाएँगे।"

शिवनाथ बाबू छोटू बाबू की तरफ देखकर इस तरह मुस्कराए, जैसे किसी रहस्य को जबरन छिपाने की कोशिश कर रहे हों, "आप लोग समझते नहीं हैं?...बिरजू बाबू पर पार्वती जी की कृपा है—सदा भवानी दाहिने सनमुख रहें गनेस।" छोटू बाबू के साथ बिरजू बाबू भी हँसने लगे।

फिर पता नहीं क्यों, बिरजू बाबू गम्भीर हो गए। धीरे-धीरे बोलने लगे, "जानते हैं छोटू बाबू, जब सच्चिदा के साथ रहता था, कभी-कभी ऐसा भी होता था कि दिन-दिन-भर किसी से बात ही नहीं होती थी। घर में न सच्चिदा बात करता था, न उसकी पत्नी। कभी-कभी पोते से बात हो जाती थी। लगता था छोटू बाबू, मैं गूँगा हो जाऊँगा।..."

"तब आपके जीवन में आईं पार्वती जी!" छोटू बाबू ने बिरजू बाबू से हँसते हुए कहा।

शिवनाथ बाबू ठठाकर हँसे। बिरजू बाबू लजा गए। दूसरी ओर देखने लगे।

शिवनाथ बाबू ने हँसते-हँसते पूछा, "आपको पार्वती जी मिल कैसे गईं? आपका स्वभाव तो ज्यादा बोलने का है नहीं।"

"मेरा स्वभाव सच में ज्यादा बोलने-बतियाने का नहीं है। ज्यादा पार्वती जी ही बोलती हैं। अब तो ऐसा होता है कि हम दोनों मिल-जुलकर खाना बनाते हैं।"

"अच्छी जिन्दगी मिल गई आपको!"

शिवनाथ बाबू की इस बात पर छोटू बाबू ने चुटकी ली, "सब पार्वती जी की कृपा है।"

सीताराम चौरसिया का नौकर बनारसी चाय दे गया। टिनहा थाली में अलग रखा गिलास छोटू बाबू ने उठाया।

"आप पटना जा कब रहे हैं?" शिवनाथ बाबू ने पूछा।

जवाब छोटू बाबू ने दिया, "जा नहीं रहे हैं, पूछिए, कब लौट रहे हैं पटना?"

शिवनाथ बाबू हँसने लगे, "बिरजू बाबू, आप तो पूरे पटनियाँ हो गए!"

छोटू बाबू फिर हँसे, "सब पार्वती जी की कृपा है।"

लौटते हुए तिकोनियाँ मोड़ पर रणधीर का चचेरा भाई वशिष्ठ मिल गया। स्कूल में शिक्षक है। शिवनाथ बाबू ने वशिष्ठ से रणधीर के घर का हालचाल पूछा। वशिष्ठ ने कहा, "सब ठीक है चाचाजी, लेकिन ठीक क्या रहेगा! कर्ज से लद गया है रणधीर। एक बीघा लहलहाती फसल रेहन पर रखनी पड़ी। बड़ी माँ गुमसुम लेटी रहती हैं। बड़े बाबूजी की जो किताबें, रजिस्टर वगैरह थे, सबको समेटकर, धूप दिखाकर, झाड़-पोंछकर अपनी अलमारी में रखे हुई हैं। कभी-कभी देखता हूँ, कोई डायरी निकालकर बड़ी माँ पढ़ रही हैं।"

शिवनाथ बाबू ने कहा, "अब तो सारा किस्सा खतम हो गया। क्या रखा है प्रोफेसर साहब की पुरानी किताबों-कापियों में!"

"बहुत-कुछ रखा है शिवनाथ बाबू!" छोटू बाबू ने कहा, "प्रोफेसर साहब कवि भी थे, हम लोगों को पता नहीं था। उनकी कविताएँ हैं नोटबुक में, डायरियों में। एक डायरी मैंने देखी है। 'यशोधरा' नाम से उनका एक खंडकाव्य है। सुना कि रणधीर की माँ यही मानती हैं कि यशोधरा खंडकाव्य में यशोधरा वही हैं। आदमी चला जाता है शिवनाथ बाबू, उसकी 'रचनाएँ' उसी के साथ नहीं चली जातीं।"

बिरजू बाबू को यह प्रसंग मालूम नहीं था। उन्होंने धीरे से पूछा, "किसकी बात कर रहे हैं आप लोग? प्रोफेसर चन्द्रानन शर्मा की?"

"हाँ, उन्हीं की बात हो रही है।"

"सुना कि पागल हो गए थे! काँके के पागलखाने में उनकी मृत्यु हुई। उन्होंने दूसरी शादी की थी मुजफ्फरपुर में। बेटे-बेटी विदेश में हैं?"

"हाँ, वही प्रोफेसर चन्द्रानन शर्मा।"

बिरजू बाबू बोले, "वे हाई स्कूल में मुझसे एक क्लास आगे थे। फर्स्ट डिविजन में मैट्रिक पास हुए थे। मैट्रिकुलेशन के बाद बाहर चले गए पढ़ने, फिर भेंट-मुलाकात नहीं हुई। वे कवि भी थे, इसकी जानकारी आज मिली। वैसे उनकी हिन्दी अच्छी थी। हिन्दी के शिक्षक थे न पंडित रूपनारायण झा, उनकी भाषा की प्रशंसा करते थे। एक बार उनकी वार्षिक परीक्षा की उत्तरपुस्तिका पंडित जी ने हम लोगों को क्लास में दिखाई थी। ऐसा व्यक्ति कवि तो बन ही सकता है। लेकिन थे वे 'चुप्पा कवि'।"

छोटू बाबू हँसने लगे, "यह चुप्पा कवि क्या होता है बिरजू बाबू?"

"चुपचाप लिखनेवाला और किसी को न सुनानेवाला कवि 'चुप्पा कवि' होता है, जैसे 'बाथरूम सिंगर' होते हैं। बाथरूम में गाएँगे, लेकिन गाने को कहिए तो कहेंगे, नहीं आता गाना।"

"एकदम ठीक कहा आपने बिरजू बाबू! लेकिन 'बाथरूम सिंगर' होने की एक उम्र होती है—किशोरावस्था से लेकर चढ़ती जवानी तक। मैं भी बाथरूम में गाता था, कुएँ में सिर झुकाकर अपनी आवाज की अनुगूँज सुनने के लिए गाता था कोई फिल्मी गाना : 'चन्दा की चाँदनी में झूमे-झूमे दिल मेरा!'"

बूढ़े छोटू बाबू यह कहते हुए रोमांटिक हुए जा रहे थे कि शिवनाथ बाबू ने ब्रेक लगा दिया, "चन्दा की चाँदनी में झूमने के दिन कब के चले गए छोटू बाबू।"

"नहीं, शिवनाथ बाबू, वे दिन कभी नहीं जाते। बस, मन के किसी कोने में दुबके बैठे रहते हैं, जैसाकि बिरजू बाबू के साथ हुआ।"

बिरजू बाबू साकांक्ष हुए, "क्या कहा आपने मेरे बारे में छोटू बाबू, मैं समझ नहीं पाया!"

"आप सब समझते हैं बिरजू बाबू! ऐसे ही चौंसठ-पैंसठ की उम्र में 'लव' नहीं होता है!"

'लव?'...बिरजू बाबू, शिवनाथ बाबू और छोटू बाबू देर तक इस बात पर हँसते रहे।

तिकोनियाँ मोड़ पर अलग राह पकड़ते छोटू बाबू ने बिरजू बाबू से पूछा, "अगले शनिवार तक हैं न आप? आएँगे चौपाल में?"

"हाँ, आऊँगा। गाँव में बात करनेवाला कोई है भी कहाँ? लक्ष्मण ने कहा है—इस बार एक बोरा चावल और आठ-दस किलो मूँग लेते जाइएगा।"

छोटू बाबू हँसे, "लक्ष्मण समझता है, अब आपका परिवार हो गया है।"

शिवनाथ बाबू ने मुस्कराते हुए पूछा, "एक बात बताइए बिरजू बाबू, आपने जो यह नया घर बसाया है...नहीं, गलती हो गई...आपने जो यह नई जिन्दगी शुरू की है, इस पर आपके रिश्तेदारों की और लक्ष्मण के परिवार वालों की क्या प्रतिक्रिया है?"

"पता नहीं चलता है। सबको मालूम है, मैंने बेटे का घर छोड़ दिया है और एक महिला के घर में रहता हूँ। होता यह है भाई साहब..." बिरजू बाबू कुछ क्षण रुके, फिर कुछ सोचते हुए बोले, "किसी के विषय में कोई अफवाह फैलती है तो उस व्यक्ति को सबसे अन्त में पता चलता है। शायद वैसा ही कुछ हो रहा है।"

"आपको क्या ऐसा नहीं लगता कि आपने जो नई जिन्दगी शुरू की है..."

छोटू बाबू ने बीच में ही रोक दिया, "ऐसी जिन्दगी को 'सहजीवन' कहते हैं शिवनाथ बाबू। अंग्रेजी में 'लिव इन रिलेशनशिप' कहते हैं। महानगरों में यह आम बात हो गई है।"

"हाँ, तो वही सहजीवन!...तो बिरजू बाबू, आपको क्या नहीं लगता कि 'सहजीवन' रास्ते से बेरास्ते चलने की तरह है?"

"सच कहूँ भाई साहब, मेरे मन में कोई पाप नहीं है। पाप-बोध हो, तब न पछतावा हो! आप क्या सोचते हैं—मैं पार्वती जी से शादी कर लूँगा? पार्वती जी ने हैदराबाद वाले अपने इंजीनियर बेटे को भी बता दिया है कि ऐसी-ऐसी बात है। बेटे को कोई आपत्ति नहीं है। बोला, 'मम्मी, आप जैसी जिन्दगी जीना चाहें, जीएँ। मैं आपको खुश देखना चाहता हूँ।'"

शिवनाथ बाबू और छोटू बाबू चकित भाव से बिरजू बाबू को सुनते रहे।

बिरजू बाबू ने मन की बात कही, "बुढ़ापा है। 'रोग-सोग' लगा रहेगा। सोचता हूँ, इन सबके बावजूद क्यों न सुख से, आनन्द से जीया जाए! अकेले दुख झेलना बड़ा कष्टप्रद होता है भाई साहब। कोई साथ रहे तो दुख कम हो जाता है। एक विश्वास कि कोई साथ है।"

17

छोटू बाबू सुबह अपने खेत की तरफ चले गए थे। सारे खेत बटाई पर लगे हैं। एक बीघा खेत में उन्होंने बासमती धान लगवाया है। इन दिनों बासमती धान के 'गम्हड़ा' पौधों में फूल आए हैं। बासमती चावल की सुगन्ध पहले धान के फूलों में आती है। महमह करता पूरा खेत। छोटू बाबू इस सुगन्ध को मेंड़ पर खड़े देर तक महसूस करते रहे। हलकी पुरवैया और कार्तिक महीने की गुलाबी सुबह में हिलते हुए धान के फूलों को निहारते रहे।

घर लौटते-लौटते दस बज गए। बरामदे पर लगी कुर्सी पर बैठे ही थे कि बाइक से राजाराम महतो जी का भतीजा अविनाश आ गया। छोटू बाबू ने पूछा, "क्या अविनाश, महतो जी का क्या हाल है? लौट आए पटना से?"

"हाँ, चाचाजी, लौट आए। हॉस्पिटल में दिखाया चाचाजी को। पूरी जाँच हुई। डॉक्टरों ने कहा—बाइपास सर्जरी का मामला है। फिलहाल दवाएँ दी हैं डॉक्टर ने, लेकिन कहा है—जितनी जल्दी हो सके, इनका ऑपरेशन कराइए। यहाँ भी करा सकते हैं या चाहें तो कहीं बाहर ले जा सकते हैं।"

"तो तुम लोगों ने क्या तय किया? महतो जी क्या चाहते हैं? अच्छा तो

यही होता कि महतो जी को मुम्बई ले जाते। इनका बड़ा बेटा जय तो मुम्बई में ही है न?"

"नहीं चाचाजी, जयकुमार भैया का तबादला कोलकाता हो गया है। वे आइ.इ.एस. में हैं। इंजीनियरिंग के बड़े पद पर हैं—कभी यहाँ, कभी वहाँ।"

"कोलकाता भी ठीक ही है। वहाँ भी हार्ट के अच्छे-अच्छे हॉस्पिटल हैं।"

अविनाश ने कहा, "देखते हैं, चाचाजी क्या कहते हैं। असल में डॉक्टरों ने दो-तीन बार कहा कि देर मत कीजिए। इनकी स्थिति अच्छी नहीं है।"

कुर्सी से उठते हुए अविनाश ने यहाँ आने का मकसद बताया, "चाचाजी, मुझे खास तौर से आपके पास उनकी स्थिति से अवगत कराने के लिए भेजा गया है। कहा गया है कि छोटू बाबू से कहना, शिवनाथ बाबू को बता दें।"

छोटू बाबू ने अविनाश को हड़बड़ी में देखा तो बोले, "मैं कह देता हूँ फोन पर शिवनाथ बाबू को। तुम जाओ।"

उसी वक्त मोबाइल फोन से छोटू बाबू ने शिवनाथ बाबू को महतो जी की चिन्ताजनक स्थिति के बारे में बताया।

शिवनाथ बाबू पहले तो यह कहते रहे कि बाइपास सर्जरी आजकल सामान्य-सी सर्जरी हो गई है। फिर उनकी आवाज गम्भीर हो गई, "अब सवाल यह है कि उनकी बीमारी किस स्टेज में है! हम लोग कल चलें महतो जी को देखने।"

"हाँ, चलें! कल सुबह सात-आठ के बीच!"

उस रात चिन्ता के कारण छोटू बाबू को ठीक से नींद नहीं आई। कल सुबह महतो जी से मिलने जाना है, सोचते-सोचते देर रात नींद आई। रात के तीसरे पहर मोबाइल फोन बजा। मुश्किल से नींद आई थी। पहले तो मोबाइल के रिंगटोन पर ध्यान ही नहीं गया। पता ही नहीं चला कि यह उनकी जाग्रतावस्था है या निद्रावस्था। इस उम्र में अक्सर ऐसा होता है। पता नहीं चलता कि यह सब सच में हो रहा है या सपने में। जब दूसरी या तीसरी बार फोन बजा तब उनको लगा, उनका ही मोबाइल फोन बज रहा है। घबराहट हो गई। मोबाइल एक कोने में लकड़ी की पुरानी मेज पर रखा हुआ था। असमय उतरती रात में या सुबह होने के पहले जब कभी फोन बजता है, कुछ-न-कुछ अशुभ सूचना

ही मिलती है। आधी रात के बाद आए फोन से सुखद सूचना शायद ही मिले!

फोन बज रहा था और छोटू बाबू सोच रहे थे : हे भगवान, पता नहीं कौन-सी अशुभ सूचना हो! मोबाइल नम्बर देखा। नम्बर जाना-पहचाना नहीं था। दिल की धड़कन बढ़ गई। दाहिने हाथ की काँपती तर्जनी से फोन ऑन किया, "हेलो...।"

उधर से आवाज आई, "मैं अविनाश बोल रहा हूँ चाचाजी!"

"इस समय फोन किया! क्या बात है बेटा?"

"चाचाजी नहीं रहे।" अविनाश की भर्राई आवाज, "'हार्ट अटैक' हुआ था। हम कुछ कर नहीं पाए। चाचाजी, आप शिवनाथ चाचा को और दूसरे लोगों को सूचना दे दें। मेरी मानसिक स्थिति अच्छी नहीं है। चाची बेहोश पड़ी हैं।"

मुट्ठी में मोबाइल लिये छोटू बाबू पलंग पर बैठ गए। अकस्मात् कमजोरी महसूस होने लगी। पत्नी को आवाज दी। वह दूसरे कमरे में सोई थी। पत्नी आई, "की भेल (क्या हुआ?)?"

छोटू बाबू ने महतो जी की मृत्यु के विषय में बताया।

पत्नी पलंग पर उनकी बगल में बैठ गई, "एक-एक कर सब जा रहे हैं। आपके बड़े अच्छे मित्र थे महतो जी।"

छोटू बाबू पलंग पर लेट गए। आँखें मूँद लीं—अभी तो ठीक ही थे राजाराम भाई। पटना से इलाज कराके लौटे थे। बाइपास सर्जरी के लिए उनके भतीजे बाहर ले जानेवाले थे। यही तय कर रहे थे कि कहाँ ले जाया जाए—कोलकाता, जहाँ बड़ा बेटा जयकुमार रहता है या कहीं और? छोटा बेटा विजय तो किसी शिपिंग कम्पनी में है। विदेश जाता-आता रहता है।

छोटू बाबू आँखें मूँदे बचपन के अपने साथी राजाराम महतो पर ही सोचते रहे : स्कूल के साथी थे राजाराम भाई। दो वर्ग नीचे थे हाई स्कूल में। फुटबॉल के अच्छे खिलाड़ी थे। साथ-साथ बचपन बीता, जवानी बीती। हम दोनों एक से अनेक हुए। उन्हीं के कारण साप्ताहिक बटचौपाल जीवन्त बना रहा। सुख-दुख साझा करते रहे हम। अब सब कुछ समाप्त हो गया...।

छोटू बाबू ने थोड़ी देर बाद शिवनाथ सिंह को फोन पर यह दुखद सूचना दी। शिवनाथ बाबू सुनकर अकबका गए। तीन-चार बार इस तरह 'आयँ-आयँ'

बोलते रहे, जैसे समझ नहीं पा रहे हों। छोटू बाबू ने अपनी बात फिर दुहराई, "महतो जी नहीं रहे।"

"सुबह होते ही हम लोगों को निकल जाना चाहिए।"

"हाँ, 'दिसा-मैदान' से हो आता हूँ। पहुँच जाऊँगा महतो जी के यहाँ।"

शिवनाथ बाबू और छोटू बाबू राजाराम महतो के दरवाजे पर पहुँचे, उसके पहले ही मुखिया अनवर हुसेन पहुँच गया था। सूर्योदय हो चुका था। कार्तिक महीने के मलिन आवरण वाले आकाश में ढका सूरज तड़बन्ने से झाँक रहा था।

गाँव के लोग-औरतें, बच्चे सब दरवाजे पर आ रहे थे। सबके बीच एक ही चर्चा : "कल तो एकदम ठीक थे राजाराम जी! घर के आगे रास्ते पर टहल रहे थे। मेरी बात हुई उनसे। बोले—एकदम ठीक हूँ। अविनाश दिल्ली ले जा रहा है ऑपरेशन के लिए।"

रिश्ते की भाभी जो पड़ोस में रहती हैं, बोलीं, "कह रहे थे भउजी, कोंहड़े के फूल का बचका खाने का मन है। मैं बोली कि कल 'पराते' कोंहड़े के फूल पहुँचा दूँगी। अभी तो फूल कुम्हला जाते हैं। सो देखिए...क्या हो गया...!"

लोग तरह-तरह के प्रसंग एक-दूसरे को सुना रहे थे। छोटू बाबू ने भतीजे अविनाश से पूछा, "दाह-संस्कार के बारे में क्या सोचा है?"

राजाराम जी की मृतदेह को बरामदे से हटाकर दरवाजे पर रख दिया गया था—सिर उत्तर दिशा में, पैर दक्षिण दिशा में।

अविनाश ऊहापोह की स्थिति में था। सारे प्रश्न उसी से पूछे जा रहे थे। छोटू बाबू का सवाल शिवनाथ बाबू ने पूछा तो अविनाश ने कहा, "कुछ लोग कह रहे हैं, सिमरिया घाट ले चलो, लेकिन गाँव के लोग तो कोका नदी के किनारे ही मुर्दे जलाते हैं।"

एक अहम सवाल शिवनाथ बाबू ने पूछा, "दोनों बेटों—जय और विजय को खबर दी गई है?"

"जय भैया से बात हुई है। वे कोलकाता में हैं। कंस्ट्रक्शन का कोई बड़ा काम चल रहा है मालदा जिले में। भैया वहीं हैं। उनको चाचाजी की मृत्यु की सूचना दे दी गई है।"

"आखिर कहा क्या जय ने?"

"बोले कि बहुत व्यस्त हैं, फिर भी शाम तक पहुँचने की बात कही है। बोले कि फ्लाइट से बागडोगरा पहुँचेंगे, वहाँ से टैक्सी लेकर गाँव पहुँचेंगे।"

"तो क्या शाम तक लाश पड़ी रहेगी?"

"जय भैया बोले हैं तो हम क्या कर सकते हैं चाचाजी?" अविनाश शिवनाथ बाबू की तरफ देखने लगा।

राजाराम जी की पत्नी बरामदे में बदहवास पड़ी थीं। गाँव की औरतें उनको घेरकर बैठी थीं। अविनाश का छोटा भाई अखिलेश आस-पड़ोस से प्लास्टिक की दस-बारह कुर्सियाँ ले आया था। लोगों के बीच अब एक ही चर्चा थी कि दोनों बेटों में एक भी तो पहुँचे कि मुखाग्नि दे!

अविनाश ने बताया, विजय से सम्पर्क नहीं हो पा रहा है। वे शायद 'शिप' में होंगे या कहीं विदेश में। उनकी खबर तो राजाराम चाचा को भी नहीं होती थी कि कहाँ हैं। उनका परिवार मुम्बई में है। भाभी का फोन नम्बर अखिलेश की डायरी में कहीं लिखा होगा। वह डायरी के पन्ने उलट रहा है।

थोड़ी देर बाद अखिलेश आया और बोला, "भाभी से बात हुई। कह दिया है कि विजय को सूचना दे दें।"

गाँव के लोग, औरतें, बच्चे—सब आँगन में थे। सबके बीच एक ही चर्चा—कब तक पड़ी रहेगी 'माटी'? विजय तो आ नहीं सकेगा। पता नहीं, कहाँ है और जय ने कहा है, शाम तक पहुँचेगा।

'शाम तक' का क्या मतलब? रात में तो मुर्दा जलाया नहीं जाता। सुबह का इन्तजार करना पड़ेगा।

अरथी तैयार कर दी गई थी। बड़े-बुजुर्गों का कहना था कि दोपहर ढल रही है और अविनाश से जो बात हुई है जय की, उसके मुताबिक वह अभी तक दमदम हवाईअड्डे पर ही है।

नहीं, अब इन्तजार नहीं किया जा सकता जय का। अरथी निकाली जाए। यदि आ गया तब तो मुखाग्नि वही देगा, नहीं आ सका तो भैयारी रिश्ते के भतीजे हैं मुखाग्नि देने के लिए!

शवयात्रा में सैकड़ों लोग थे। कोका नदी के किनारे मुर्दघट्टी में शवदाह किया गया। अविनाश के तीसरे छोटे भाई विनोद ने मुखाग्नि दी।

शवयात्रा में गए लोगों को लौटते-लौटते रात के दस बज गए। ग्यारह बजे रात में जय टैक्सी से पहुँचा। सबसे पहले माँ से मिलने गया। माँ किसी से बात करने की स्थिति में नहीं थीं। चाचा से, बड़े बाबूजी से, चचेरे भाइयों से बात हुई। शिवनाथ बाबू, छोटू बाबू और दूर के टोलों के लोग चले गए थे।

दूसरे दिन सुबह जय ने माँ से बात की। बात क्या थी, बस इकतरफा जय ही बोलता रहा। माँ सिर्फ 'हूँ-हूँ' करती रहीं। बड़े बाबूजी रामअधीन महतो, दियादी रिश्ते के लोग, चचेरे भाई वगैरह जय के आस-पास बैठे थे। माँ को औरतें घेरे बैठी थीं। जय ने माँ से कहा, "माँ, जो होना था, हो गया। हम क्या कर सकते थे! ऐसा है माँ कि हमारा सनातनी कर्मकांड लम्बा चलता है—बारह-तेरह दिन। इतने दिन मैं यहाँ नहीं रह सकता। सरकारी नौकरी में हूँ। बड़ी जिम्मेदारी है।। छुट्टी नहीं मिल रही थी। तीन दिन के लिए आया हूँ। कल शाम तक मुझे निकल जाना है। तो ऐसा है माँ, कि आर्यसमाजी रीति से भी क्रियाकर्म होता है। क्रियाकर्म की शुद्ध वैदिक रीति है यह। तीन दिन में सब सम्पन्न हो जाता है। मैं चाहता हूँ, सनातनी ब्राह्मणवादी कर्मकांड को छोड़ वैदिक रीति से बाबूजी का क्रियाकर्म हो।"

बड़े चाचा ने धीरे से कहा, "लेकिन ऐसा तो कभी हुआ नहीं है अपने गाँव में।"

जय का बना-बनाया उत्तर था, "नहीं हुआ है तो होना चाहिए। कर्मकांड की वैदिक रीति भी तो अपनी ही है। इसमें कंटहा ब्राह्मणों का पिंडदान वाला ढकोसला और दान-दक्षिणा के लिए जोर-जबरदस्ती भी नहीं है। बस, वैदिक मंत्रों के साथ हवन होगा, दस-बीस लोग खाएँगे और कर्मकांड समाप्त।"

किसी का कुछ नहीं चला। तय हो गया कि आर्यसमाजी पद्धति से क्रियाकर्म होगा। तीन दिन में सब सम्पन्न।

दो गाड़ियाँ आर्यसमाज मन्दिर पूर्णिया भेजी गईं। आर्यसमाज के लोग आए। तीसरे दिन वैदिक रीति से हवनादि हुए। दो हजार के एक सौ नोटों की गड्डी जय ने माँ को दी और कहा, "गाँव-समाज को भोज-भात खिलाने के लिए है माँ! ज्यादा पैसे की जरूरत हो तो अविनाश से कहना, मुझे फोन करे। बैंक एकाउंट में पैसे डाल दूँगा।"

माँ कुछ बोलीं नहीं। तीसरे दिन शाम से कुछ पहले जय ने भाड़े की गाड़ी मँगाई। बागडोगरा जाना था। वहाँ से रात की फ्लाइट से कोलकाता।

आर्यसमाजी पद्धति से मृत्यु के बाद का कर्मकांड समाप्त हो गया था। तीसरा दिन था मृत्यु के बाद का। माँ अशान्त थीं। उनकी अशान्ति और बेचैनी को सबने महसूस किया। तीसरे दिन यानी 'तिरात' को, माँ के कहने पर चिता-स्थल पर अस्थिसंचय के लिए चार-पाँच लोग गए। माँ ने इस क्रिया को 'फूल चुनना' कहा। श्राद्धकर्म के पहले इसी 'फूल' (अस्थि) को कलश में लेकर गंगा में प्रवाहित किया जाता है।

जय के जाने के दूसरे दिन विजय पहुँचा। उसकी पत्नी को जब अखिलेश का फोन मिला था, वह दुबई में था। कई परेशानियाँ थीं उसके साथ। दुबई से मुम्बई और मुम्बई से पटना, फिर गाँव। तीन दिन लग गए।

पहुँचते ही विजय को मालूम हुआ, जय भैया तो आर्यसमाजी रीति से कर्मकांड समाप्त करा चुके। चले भी गए कल। विजय ने इस आर्यसमाजी रीति को बाबूजी की मृत्यु के साथ मजाक बताया। कहा, "नहीं, बाबूजी की आत्मा प्रेतयोनि से मुक्त नहीं हुई है। सनातनी हिन्दू रीति से कर्मकांड होगा—क्षौरकर्म, दशकर्म, सम्पिंडन, ब्रह्मभोज। फिर अन्त में सत्यनारायण भगवान की पूजा!"

कंटहा ब्राह्मणों को बुलाने के लिए विजय ने दो लोगों को भेजा। बगल के चन्दा गाँव में तीन घर कंटहा ब्राह्मण हैं। तीनों परिवारों की जीविका मृत्युपरान्त कर्मकांड है। आठ-दस गाँवों का बड़ा इलाका इन्हीं तीन परिवारों की 'जजमानी' में आता है। कर्मकांड का सीधा फलितार्थ है—जो यहाँ दोगे, मृतात्मा को गोलोक में वही मिलेगा। पलंग, तोसक-तकिया, चाँदी के बर्तन, वस्त्रादि...इसकी सीमा नहीं है, जितना दे सको।...इसके अतिरिक्त गोदान, भूमिदान, स्वर्णदान इत्यादि। दान की भी सीमा नहीं है।

विजय ने दो लोगों को अस्थिकलश लेकर गंगा में प्रवाहित करने के लिए सिमरियाघाट भेजा। क्षौरकर्म किये। एक लाख रुपये से भी कुछ ज्यादा देकर महापात्र को यथासम्भव प्रसन्न किया गया। महापात्र ने कहा—राजाराम महतो की प्रेतयोनि में भटकती आत्मा पिंडदान के बाद मुक्त हो गई।

विजय पूरे दस दिन गाँव में रहा। गाँव के लोगों ने श्राद्धभोज की प्रशंसा

की। सब कुछ हुआ, लेकिन माँ का क्या होगा, इस पर कुछ नहीं हुआ। बड़ा बेटा जय तो तीसरे ही दिन निकल गया था। विजय कुछ बोल नहीं रहा था। माँ उसके लिए विचारणीय विषय नहीं थी। स्वर्गीय राजाराम महतो के चचेरे बड़े भाई ने विजय से पूछा, "विजय, जब राजाराम जिन्दा था, तब तुम्हारी माँ को एक सहारा था। अब वह नहीं रहा। रह गई है तुम्हारी माँ। यहाँ अकेली कैसे रहेगी, इस पर तुमने सोचा है?"

विजय कुछ क्षण चुप रहा, फिर धीरे से बोला, "बड़े बाबूजी, आप लोग तो हैं ही। चौदह-पन्द्रह बीघे जमीन है, इतना बड़ा मकान है। माँ को क्या कमी होगी! मैं आता रहूँगा। एक लाख रुपये देकर जा रहा हूँ।"

18

अगले शनिवार का बटचौपाल सूना और उदास था। कार्तिक महीना यों भी मनहूस-उचाट-सा रहता है—किसी बीमार आदमी के ऊँघने-जैसा। बटचौपाल के पास लगनेवाली शनिवारी हाट में भी छठ पर्व के बाद की उदासी थी।

शिवनाथ बाबू पहले पहुँच गए थे। चबूतरे पर थोड़ी देर बैठे रहे, फिर सीताराम चौरसिया की चाय-दुकान के सामने लगी बेंच पर आकर बैठ गए और छोटू बाबू की प्रतीक्षा करने लगे।

चौरसिया ने पूछा, "चाय पीजिएगा मालिक?"

"नहीं, अभी रहने दो। छोटू बाबू के साथ पीऊँगा।"

दुकान के सामने लगी बेंच से वे उठने लगे तो चौरसिया ने कहा, "बैठिए न मालिक!"

"नहीं, सीताराम, चबूतरे पर बैठता हूँ। छोटू बाबू आते ही होंगे।"

"एक और आदमी आज से कम हो गया आपके चौपाल में।

"हाँ, सीताराम, कम हो गए। पता नहीं, कब चौपाल सूना हो जाए!"

शिवनाथ बाबू बेंच से उठे ही थे कि रेलवे स्टेशन के रास्ते ग्राम पंचायत का मुखिया अनवर हुसेन आता दिखा।

"परनाम चचा!"

शिवनाथ बाबू ने आशीर्वाद दिया, "खुश रहो अनवर।"

युवा मुखिया अनवर एम.एस-सी. है। पैंट-शर्ट पहनता है। गाँव की जिन्दगी में घुला-मिला है, नहीं तो भला आठ-दस मुसलमान परिवारों के वोट से अनवर मुखिया बन सकता था?

अनवर बेंच पर शिवनाथ बाबू की बगल में बैठ गया। शिवनाथ बाबू ने पूछा, "तुम तो गए थे राजाराम जी के श्राद्धभोज में?"

"हाँ, चचा, गया था। शवदाह में भी था। आपसे तो मुलाकात हुई थी!"

"हाँ, हुई थी मुलाकात।"

अनवर ने कहा, "चचा, आपको तो पता होगा, राजाराम जी का छोटा बेटा भी माँ को छोड़कर चला गया। बड़ा बेटा जय तो तीसरे दिन ही चला गया था।...आपको राजाराम जी का चौपाल में न होना बहुत खलेगा।"

"हाँ, अनवर, बहुत खलेगा। हम दोनों बचपन के साथी थे। राजाराम जी हमारे बटचौपाल की जान थे।"

कि तभी बगल के चबूतरे पर छोटू बाबू बैठे दिखे।

"चलता हूँ अनवर, छोटू बाबू आ गए।"

छोटू बाबू गमगीन थे। मन में कोई बात घुमड़ रही थी। बोले, "शिवनाथ बाबू, महतो जी के दोनों बेटे अपने-अपने ढंग से क्रियाकर्म सम्पन्न कर चले गए। किसी ने माँ के बारे में नहीं सोचा, बेचारी बूढ़ी कैसे रहेगी। दमे की बीमारी है, खाँसती रहती है। घर में एक लोटा पानी देनेवाला भी कोई नहीं है।"

शिवनाथ बाबू ऊपर टिनशेड को देखने लगे, "महतो जी के चचेरे भाई हैं न मास्टर साहब, उन्होंने पूछा था विजय से, 'अपनी माँ को साथ ले जा रहे हो न?' विजय आना-कानी करने लगा था, 'आप लोग तो हइये हैं चाचा! माँ को कोई कमी तो है नहीं।'...'तो हम लोगों के भरोसे अपनी माँ को छोड़कर जा रहे हो!'...'आप लोग पराये थोड़े हैं चाचा!'"

शिवनाथ बाबू को पूरी जानकारी थी, "छोटू बाबू, मुझे जो बताया गया है, सो सुनिए। विजय जब मुम्बई लौट रहा था, गाँव-समाज के कुछ लोग उस समय बरामदे में बैठे थे। विजय की माँ की गोतनी यानी अविनाश की माँ वहीं

ओट में बैठी थी। उसने विजय को सुनाकर कहा था, 'विजय जी, आपकी अम्मा को दम फूलने की बीमारी है। रात-दिन खाँसती रहती हैं, इसलिए अपने साथ नहीं ले जा रहे हैं आप। हाड़-काठ की मजबूत होती, काम करने लायक होती तो आप जरूर ले जाते अम्माजी को।' विजय की माँ खाट पर बैठी सुन रही थीं। विजय को तो जैसे काठ मार गया था।"

शिवनाथ बाबू कहने लगे, "राजाराम भाई स्कूल के मेरे साथी थे—मिडिल स्कूल से हाई स्कूल तक। मैं दो क्लास सीनियर था उनसे, लेकिन सीनियर-जूनियर वाली बात नहीं थी। हम दोनों मित्र थे। उनके घर मेरा आना-जाना, खाना-पीना होता रहता था। मैं बहुत बाद की बात करता हूँ जब महतो जी के दोनों बेटे बड़े हो गए थे। जय इंजीनियरिंग प्रवेश-परीक्षा में सफल हुआ था। हैदराबाद के किसी नामी इंजीनियरिंग कॉलेज में एडमिशन लेना था। डेढ़ लाख रुपये लग रहे थे एडमिशन में। कॉलेज एक ही साथ साल-भर का शुल्क ले लेता था। सवाल था कि इतने रुपये महतो जी जैसे साधारण किसान कहाँ से लाएँ। एक ही उपाय दिख रहा था कि डेढ़ बीघे जमीन बेच दें। जय की माँ जमीन बेचने के पक्ष में नहीं थी। बोली, 'थोड़ी-सी जमीन है, बेच दीजिएगा तो खर्चा-पानी कहाँ से आएगा? जय की पढ़ाई का खर्च, विजय भी मैट्रिक पास करनेवाला है, उसकी पढ़ाई का खर्च!'

"जय की माँ ने अपने सारे गहने महतो जी के सामने रख दिये। धनी परिवार से आई थीं जय की माँ। सोने के कई गहने थे। पति से बोली, 'ये गहने ले जाइए और बेच दीजिए। डेढ़ लाख से ज्यादा मिल जाएँगे। बेटा पढ़-लिख जाए, अच्छी नौकरी में लग जाए, वही गहना है मेरे लिए...।'"

छोटू बाबू ने तल्ख टिप्पणी की, "और वही बेटा जय तीन दिन में बाप का क्रियाकर्म सम्पन्न कर 'ड्यूटी' पर चला गया! वही नौकरी जिसे उसकी माँ सोने के गहनों से ज्यादा मूल्यवान मानती थी।" छोटू बाबू बोले, "और छोटे बेटे विजय ने कर्मकांड में तीन-चार लाख रुपये खर्च किये, लेकिन दमे की मरीज माँ को साथ ले जाने को तैयार नहीं हुआ।"

शिवनाथ बाबू व्यथित थे, "यहाँ गाँव में अकेली पड़ी रहे माँ...खाँसती रहे...एक लोटा पानी देनेवाला भी कोई न हो! कैसे खाना बनाएगी, कैसे घर के

काम-काज करेगी, जय-विजय को इन सारी समस्याओं से कुछ लेना-देना नहीं।"

छोटू बाबू चिन्तित थे, "राजाराम जी की बूढ़ी पत्नी की जो हालत है, मुझे नहीं लगता, साल-डेढ़ साल भी जी सकेगी।"

"मरने दीजिए, तब देखिएगा—दोनों बेटे क्रियाकर्म, भोज-भात कितने शानदार ढंग से करते हैं।"

"और फिर सारी जमीन-जायदाद बेच-बाचकर रुपये आपस में बाँट लेंगे। पुश्तैनी मकान भी क्यों रखेंगे! उनको तो लौटकर गाँव आना नहीं है। उनके बच्चे भी क्यों आएँगे राजगंज-मधुरा!" शिवनाथ बाबू के बोलने में आक्रामक व्यंग्य था।

शाम होने को थी। चौरसिया का नौकर बनारसी दो गिलास चाय ले आया। इशारे से बता दिया—यह गिलास बिना चीनी वाली चाय का।

लौटते समय दोनों ही उदास थे। दोनों को राजाराम महतो के बेटों में अपने-अपने बेटे दिख रहे थे। छोटू बाबू कुछ ज्यादा ही चिन्तित थे। इनकम टैक्स कमिश्नर अभिजित और जिला-जज अभिषेक उनकी आँखों के सामने आ गए थे और आँखों के सामने आ गया था लाल बाबू। अविकसित मस्तिष्क का तीसरा बेटा जिसे साथ रखने से दोनों बेटों ने इनकार कर दिया। क्या होगा लाल बाबू का जब वे नहीं रहेंगे? पत्नी नहीं रहेगी? जय-विजय अपनी बीमार बूढ़ी माँ को अपने साथ रखने को तैयार नहीं, अभिजित-अभिषेक अपने छोटे भाई लाल बाबू को साथ ले जाने को तैयार नहीं। उनको लगा, महतो जी के बेटों को धिक्कारने का उन्हें कोई अधिकार नहीं है।

ऐसा पहली बार हो रहा था कि तिकोनियाँ मोड़ पर शिवनाथ बाबू और छोटू बाबू अपरिचित की तरह अलग हुए।

19

कल ढाई-तीन बजे दिन में एक लम्बी कार रणधीर के दरवाजे पर आकर रुकी। कार में तीन लोग थे। सम्भ्रान्त परिवार की दिखनेवाली ढली उम्र की एक महिला भी थी। एक कोई बूढ़े-से अफसर जैसे व्यक्ति थे और उन्हीं के साथ इसी टोले के गोपेश शर्मा थे जो अब मुजफ्फरपुर में रहते हैं।

कार रणधीर के दरवाजे पर खड़ी रही कुछ देर। पहले गोपेश शर्मा कार से बाहर आए। रणधीर की माँ और रणधीर की पत्नी घर के अन्दर थीं। कार से बाहर आकर वह महिला और बूढ़े-से रिटायर्ड अफसर जैसे व्यक्ति बरामदे में आकर खड़े हो गए।

गोपेश शर्मा इधर-उधर देख रहे थे कि घर का कोई आदमी दिखे, तभी रणधीर की माँ बाहर निकलीं। देखा, गोपेश शर्मा भी हैं। शर्मा जी 'जेठ' के रिश्ते में आते हैं। रणधीर की माँ ने सिर पर आँचल रख लिया।

कौन लोग हैं ये?...रणधीर की माँ अकचकाई हुई-सी सबको देख रही थीं। "आप लोग किसके घर आए हैं?" रणधीर की माँ ने पूछा।

उनके पीछे बहू खड़ी थी—आँचल का खूँट होंठों में दबाए चकित भाव से दो अपरिचितों को देख रही थी।

बरामदे में खड़ी महिला कुछ बोल नहीं रही थी जिससे रहस्य और गहराता जा रहा था। गोपेश जी का बोलना अब जरूरी था, "बहुरिया, यह अनामिका जी हैं।"

"कौन अनामिका?"

"नहीं सुना अनामिका जी का नाम? मुजफ्फरपुर वाली...चन्द्रानन बाबू की...अन्नो जी।..."

"हाँ, सुना है नाम—अनामिका जी..." रणधीर की माँ एकटक अनामिका जी को देखती रहीं। स्मृति में पति का रात के सन्नाटे में 'अन्नो-अन्नो' पुकारना...। तो यही हैं अन्नो जी...अनामिका?

रणधीर की माँ बरामदे में अविचल खड़ी थीं। समझ में नहीं आ रहा था, क्या करना चाहिए। फिर जैसे चेतना में लौटीं, "आइए, बैठिए।"

कह तो दिया—आइए बैठिए, लेकिन बरामदे में बैठने के लिए कुछ था नहीं। वे अन्दर चली गईं। उनके पीछे-पीछे बहू। बहू प्लास्टिक की दो कुर्सियाँ ले आई। बरामदे में जो कमरा था, उसमें बहुत पहले का रखा पलंग था। रणधीर की माँ ने पलंग पर बिछे कम्बल पर चादर बिछा दी, "आइए, बैठिए।"

गोपेश जी ने रणधीर की माँ से कहा, "बहुरिया, अनामिका जी पाँच-छह दिन पहले आई हैं अमेरिका से। तुम्हारे विषय में इनको कई लोगों ने बताया। तुमसे मिलने के लिए बेचैन थीं। यह गाँव राजगंज-मधुरा इनका देखा हुआ नहीं था। सुना भर था कि यह गाँव उनके पति का गाँव है। अनामिका जी से मेरा परिचय बहुत पुराना है—चन्द्रानन बाबू से इनकी शादी हुई, उससे भी पहले से। अमेरिका से लौटीं तो इन्होंने मुझे बुलाया। गाँव चलने के लिए कहा।"

हलका-सा घूँघट किये रणधीर की माँ बोलीं, "यहाँ आने की तकलीफ क्यों की? मेरे पास तो कुछ है नहीं।"

"यह तो अनामिका जी जानें, क्यों तकलीफ की। मेरा काम तो इनको आपके घर तक पहुँचाना था।"

क्या करें बातचीत? पहले तो दोनों अतिथियों को पानी-वानी, चाय-वाय पिलाई जाए। इस बीच आस-पड़ोस के कुछ लोग दरवाजे पर आ चुके थे। लोगों में कुतूहल था, क्यों आई हैं चन्द्रानन बाबू की दूसरी पत्नी? क्यों आई हैं

मिलने? क्या रखा है यहाँ? आखिर क्या छूट गया है यहाँ चन्द्रानन बाबू का? वे तो अब इस दुनिया में हैं नहीं, फिर उनकी दूसरी पत्नी अनामिका जी की कौन-सी चीज इस गाँव में रह गई है?

गाँव की हवा में तैरते रहे· औत्सुक्य, जिज्ञासा और रहस्य।

रणधीर सरेह से लौटा तो अपने दरवाजे पर लगी कार और गाँव के लोगों को देख चकरा गया। बात क्या है आखिर? घबराहट भी हो रही थी। बरामदे में गया। कमरे में एक शहरी महिला और अफसरनुमा वृद्ध को बैठे देखा। अन्दर गया तो देखा, माँ चाय बना रही हैं।

"कौन हैं ये लोग? कहाँ से आए हैं?"

"तुम्हारी दूसरी माँ हैं रणधीर—अनामिका। उनके साथ जो बूढ़े आदमी हैं, पता नहीं, कौन हैं। मुजफ्फरपुर वाले वो मास्टर साहब हैं न गोपेश जी, उन्हीं को साथ लेकर ये आए हैं।"

"क्यों आई हैं अनामिका जी?"

"यही तो मालूम नहीं। अभी आई ही हैं। कैसे पूछूँ कि क्यों आई हैं? लो, चाय दे आओ उन लोगों को। पानी दे आई हूँ। हाँ, सुनो, प्रणाम करना अनामिका जी को। मुँह से प्रणाम कहकर नहीं, पैर छूना उनके।"

आँगन में, दरवाजे पर भीड़ लग गई थी। औरतों की संख्या ज्यादा थी। सब अनामिका जी को देखना चाहती थीं। बाहर वाले कमरे में बैठी थीं अनामिका जी। लम्बी, गोरी, दुबली-पतली-सी। सिर के बालों से सफेदी झाँक रही थी।

काँसे की थाली में तीन कप चाय लेकर रणधीर रसोईघर से निकलने ही वाला था कि अनामिका जी आ गईं। रणधीर और उसकी माँ चकित-स्तम्भित। नंगे पाँव थीं अनामिका जी। चप्पलें बरामदे में छोड़ दी थीं।

'दीदी' कहते हुए उन्होंने रणधीर की माँ को अँकवार में भर लिया। रणधीर की माँ ने अकचकाई-सी अनामिका जी को गले से लगा लिया। रणधीर के लिए यह दृश्य अबूझ और अकल्पनीय था। रणधीर की माँ के गले से लिपटी अनामिका जी सुबक-सुबक कर इस तरह रोने लगीं, जैसे वर्षों बाद बिछुड़ी बहन से मिल रही हों! आँसुओं की बूँदों से रणधीर की माँ का बायाँ कन्धा भीग गया।

अनामिका जी को लेकर वे अन्दर कमरे में गईं। बहू थी। उसने अनामिका जी के पैर छुए, हालाँकि उसके हाथ पेट के उभार के कारण पैरों तक पहुँच नहीं सके। बीच में ही अनामिका जी ने बहू को रोक दिया और छाती से लगाकर ललाट चूमने लगीं। अनामिका जी का चेहरा आँसुओं से भीग गया था। भर्राये गले से पूछा, "बाबू कहाँ है?"

"स्कूल गया है, आता ही होगा।" बहू ने मुस्कराते हुए जवाब दिया।

गाँव की औरतें अनामिका जी का यह आत्मीय व्यवहार देख आश्चर्यचकित थीं।

अजीब पहेली!

पहली बार अनामिका जी रणधीर की माँ से मिली हैं, लेकिन लगता है, एक मुद्दत से परिचय है दोनों का। परिचय नहीं, रिश्ता।

दो सगी बहनों का रिश्ता!

अनामिका जी के साथ आए उस अफसरनुमा बूढ़े-से व्यक्ति के विषय में रणधीर ने पूछा।

अनामिका जी बोलीं, "मेरे पापा के वकील थे, अब मेरे वकील हैं—डी.एन. श्रीवास्तव। पापा के सारे मामले-मुकदमे यही देखते रहे हैं। मैं 'वकील चाचा' कहती हूँ। इनको साथ लाई हूँ। इनके ब्रीफकेस में प्रॉपर्टी के कागजात हैं।"

रणधीर की माँ सशंकित पूछ बैठीं, "लेकिन हमें क्या मतलब इन चीजों से! यह प्रॉपर्टी...कागजात...वकील?"

अनामिका जी इस प्रसंग को परे हटाती बोलीं, "दीदी, छोड़िए इन बातों को। आपकी छोटी बहन आई है, क्या भगा दीजिएगा अपने घर से?"

रणधीर की माँ ने अनामिका जी को बाँहों में भर लिया, "नहीं रे, भगाऊँगी क्यों? मैं तो सिर्फ यह कह रही थी कि वकील-मुख्तार से मेरा क्या लेना-देना!"

तभी रणधीर का छह-सात साल का बेटा पीठ पर बस्ता लादे आया।

"पोता है—बबलू!" रणधीर की माँ ने मुस्कराते हुए कहा।

अनामिका जी ने बबलू को गोद में ले लिया। गालों पर, ललाट पर चुम्बन की झड़ी लगा दी। ज्यादा देर बबलू को गोद में सँभाल नहीं सकीं।

बबलू अवाक्-चकित।

"दादी हैं तुम्हारी!"

"दादी?...पहले कभी देखा नहीं।"

"देखोगे कैसे? तुम्हारी उमर ही क्या है!" रणधीर की माँ बबलू के गाल पर मीठी-सी चपत लगाती बोलीं।

अजीब दृश्य था। रणधीर की माँ के साथ अनागिका जी घर-आँगन, दुआर-दरवज्जा अगवार-पिछुआर सब देख आईं।

उधर वकील चाचा कमरे में बैठे-बैठे ऊब गए थे। बाहर निकलकर वे टोले के मकान और धनखेत देख रहे थे।

बहू ने दो बार चाय बनाई। रणधीर सोच रहा था, भेंट-मुलाकात करने आई हैं अनामिका जी। शाम होने को है, अब कहेंगी—अच्छा चलती हूँ। लेकिन अनामिका जी के हाव-भाव से, व्यवहार से लगता नहीं था कि ये जानेवाली हैं। इन दोनों अतिथियों को खाना खिलाना समस्या नहीं थी, समस्या थी इनके सोने की व्यवस्था करना। एक ही कमरा है बाहर वाला जिसमें कुछ दिन चन्द्रानन बाबू को रखा गया था। एक ही पलंग है उस कमरे में। वकील साहब उस कमरे में सो रहेंगे। अनामिका जी कहाँ सोएँगी? वैसे कमरे तो चार हैं, लेकिन दो कमरों में तो अन्न की बोरियाँ और अगड़म-बगड़म घरेलू चीजें रखी हुई हैं।

"अपना यही छोटा-सा पुश्तैनी घर है अनामिका जी!" रणधीर की माँ ने उसी समय यह बात कही थी जब घर का अन्दर-बाहर दिखा रही थीं।

अनामिका जी हँसने लगी थीं, "मैं आपके साथ सोऊँगी दीदी।"

रणधीर की माँ जिस कमरे में सोती हैं, उसकी दीवारों से कई जगह पलस्तर झड़ गया है। जगह-जगह से झड़े पलस्तर वाली ये दीवारें रोशनी में ऐसी दिखती हैं, जैसे बड़े कैनवस पर चित्र बने हों : पहाड़, झरने, नदी, जंगल...! रणधीर की माँ दीवारों पर बने ऐसे चित्रों को देखते-देखते सो जाती हैं।

लेकिन अनामिका जी के लिए तो ये दीवारें कैनवस नहीं हैं। क्या सोचेंगी?

"आपका कमरा कौन-सा है दीदी? देखना चाहती हूँ।"

"क्या देखिएगा, यह पुराना खँडहर मकान देखने लायक है जो?"

"नहीं, ले चलिए।" अनामिका जी हठ कर बैठीं।

आँगन के छोटे-से गलियारे में जहाँ खाट पर अनामिका जी और रणधीर

की माँ बैठी थीं, उसके सामने ही था वह कमरा—बहुत साधारण-सा...अस्त-व्यस्त...अव्यवस्थित, जैसाकि गाँव-घर का कोई कमरा होता है। दक्षिण की दीवार से सटी लकड़ी की पुरानी अलमारी थी। पहले कभी इसमें शीशा लगा हुआ था, अब अलमारी बेपर्दा थी। दिख रही थीं कुछ पुरानी किताबें, कुछ कागज-पत्तर और कपड़े का एक गट्ठर!

"ये किताबें, यह गट्ठर वगैरह आपके ही हैं न?"

"नहीं अनामिका जी, मैं ज्यादा पढ़ी-लिखी नहीं हूँ। मेरी क्यों होंगी! ये सब उन्हीं के हैं। पुलिन्दों में उनके दो नोटबुक हैं। उनमें उनकी कुछ कविताएँ हैं। बाकी ये जो कुछ किताबें हैं, उनके एम.ए. हिन्दी के कोर्स की हैं। मैं उतना नहीं समझती। 'रस सिद्धान्त'...'कविता के नये प्रतिमान' आदि क्या-क्या...!"

"आप अब तक इन्हें सँभालकर रखे हुई हैं?"

"हाँ, चार-पाँच महीने पर झाड़-पोंछ कर अलमारी में रख देती हूँ। वे यहाँ आए थे कुछ दिनों के लिए। ये सारी चीजें उनके कमरे में रख दी थीं। वे इन्हें उलटते-पलटते रहते थे। वह जो पुलिन्दा है, उसमें एक डायरी है। डायरी में करीब सौ पेज का एक खंडकाव्य है—'यशोधरा'—मैथिलीशरण गुप्त वाला 'यशोधरा' खंडकाव्य नहीं। इनका अपना है। काट-कूट बहुत है, फिर भी पढ़ा जा सकता है जोड़-जाड़ कर। मैंने कई बार पढ़ा है।"

"कल देखूँगी।" अनामिका जी बोलकर उस पुरानी अलमारी को देखने लगीं जो आज के समय के साथ मेल नहीं खाती थी।

रणधीर की माँ अलमारी की ओर देखती बोलीं, "धूल झाड़नी पड़ेगी किताबों से।"

"हाँ, दीदी, समय की धूल भी तो जमती है चीजों पर!"

रात में एक ही पलंग पर रणधीर की माँ और अनामिका जी लेटीं। पलंग भी अलमारी की उम्र का था। आकार भी छोटा।

रणधीर और उसकी पत्नी समझ नहीं पा रहे थे, यह सब क्या हो रहा है! यह कैसा मायाजाल है!

20

शनिवार के बटचौपाल में हाट-बाजार करते चैतू मंडल पहुँच गए। सेवानिवृत्त प्रधानाध्यापक हैं। पाँच-छह साल पहले आते थे बटचौपाल में। बीमार रहने लगे तो यहाँ आना बन्द हो गया। आज भूलते-भटकते आ गए हैं। शिवनाथ बाबू पहुँचे गोपेश शर्मा के साथ। गोपेश जी यहाँ रहते नहीं। मुजफ्फरपुर से आए हैं अनामिका जी के साथ। शिवनाथ बाबू गोपेश शर्मा को बटचौपाल में लाए हैं खास मकसद से। गोपेश जी जानते हैं, अनामिका जी वकील के साथ क्यों आई हैं। गाँव में चन्द्रानन बाबू की दूसरी पत्नी के यहाँ आने को लेकर खलबली-सी है। सोचा भी नहीं जा सकता था कि चन्द्रानन बाबू की दूसरी पत्नी, पति की मृत्यु के बाद अपनी सौत से मिलने गाँव आएँगी—वह भी वकील को लेकर!

गोपेश जी ही बताएँगे, मामला क्या है। गाँव में कई तरह की बातें हो रही हैं। खुद रणधीर की माँ और रणधीर को आशंका है—क्यों आई हैं अनामिका जी!

गोपेश शर्मा शिवनाथ बाबू के सहपाठी रह चुके हैं मिडिल स्कूल और हाई स्कूल में। शिवनाथ बाबू के आग्रह पर ही बटचौपाल में आए हैं। दोनों के बीच 'तुम' का सम्बोधन भी रोचक है। दो बूढ़े आपस में 'तुम' सम्बोधन

से बातचीत करें तो बड़ा दिलचस्प माहौल बनता है।

शिवनाथ बाबू ने गोपेश जी से पूछा, "गोपेश, तुम तो मुजफ्फरपुर में चन्द्रानन बाबू के करीब रहे हो, उनकी ससुराल में भी तुम्हारा आना-जाना था। तुम्हीं असली बात बताओगे—चन्द्रानन बाबू की दूसरी पत्नी क्या करने आई हैं यहाँ? सुना कि अमेरिका में थीं बेटों के साथ। चन्द्रानन बाबू यहाँ अकेलेपन के कारण पागल होकर मरे..."

"हाँ, शिवनाथ, मैंने भी यही सुना।" गोपेश जी बोले, "लगभग साढ़े छह साल तक चन्द्रानन बाबू के दोनों बेटों—राजेश और मिथिलेश—ने अमेरिका से माँ को आने नहीं दिया। पिता से बात भी नहीं करने देते थे। कहते थे—पापा मजे में हैं। चन्द्रानन बाबू की पागलखाने में मृत्यु हुई, इसकी खबर भी न बेटों के पास पहुँची, न अनामिका जी के पास। अनामिका जी, सच पूछिए तो बेटों की जेल में थीं। छह महीने बड़े बेटे राजेश के साथ कैलिफोर्निया में रहतीं, छह महीने छोटे बेटे मिथिलेश के साथ टेक्सास में। मिथिलेश ने देखा कि माँ यहाँ है ही तो उसने दूसरी सन्तान पैदा कर ली। मुफ्त की नौकरानी मिल ही गई थी।

"'माँ, तुम्हारी ही वंशज है तुम्हारी यह पोती। तुम्हारा अपना ही घर है माँ! बेटे का घर क्या तुम्हारा घर नहीं है?...और पापा मजे में हैं मुजफ्फरपुर में।'...जबकि पापा की राँची के पागलखाने में मृत्यु हो चुकी थी।"

शिवनाथ बाबू ने पूछा, "आखिर मुक्त कैसे हुईं अनामिका जी? अमेरिका से एक घरेलू औरत का भारत लौटना कोई मामूली बात तो है नहीं!"

गोपेश जी को अनामिका जी ने सारी बातें बताई थीं। बोले, "टेक्सास में पटना सिटी के एक डॉक्टर हैं—डॉ. शमीम अंसारी। मिथिलेश से अच्छी जान-पहचान है। कभी-कभी आते हैं मिलने। वे पटना आनेवाले थे। उनके परिवार में कोई शादी थी। अनामिका जी ने बताया—जब डॉक्टर साहब मिथिलेश से मिलने पहुँचे, मिथिलेश नहीं था घर में। उसकी दक्षिण भारतीय पत्नी मनीषा भी नहीं थी। अपना दुख अनामिका जी ने बताया। रो-रोकर कहा, 'बेटे जाने नहीं दे रहे हैं। पति मुजफ्फरपुर में अकेले, पता नहीं, किस हाल में हैं! मुझे यहाँ से निकालो बेटा...यहाँ से निकालो...'

"डॉक्टर अंसारी ने कह-सुनकर मिथिलेश को राजी किया। पासपोर्ट-वीसा वगैरह की प्रक्रिया पूरी की गई। डॉक्टर अंसारी के परिवार के साथ अनामिका जी पटना पहुँचीं। वहाँ से मुजफ्फरपुर।...तुम सोच सकते हो शिवनाथ," गोपेश जी कहने लगे, "अनामिका जी जब अपने घर आई होंगी...सूना-वीरान, जंगली झाड़ियों से घिरा अपना मकान देखा होगा...और सुना होगा कि पागलखाने में पति की मृत्यु हुई तब क्या गुजरी होगी उन पर!—अनामिका जी ने बताया था—मकान में जंग लगा ताला देख वे पिता के घर गईं। वहाँ मालूम हुआ, पिता बलवन्त सिंह भी नहीं रहे!...कहीं कोई नहीं।

"पिता की करोड़ों की सम्पत्ति। एकमात्र सन्तान अनामिका जी। पिताजी के मैनेजर ने बताया, बाबू बलवन्त सिंह ने मृत्यु के पहले अपने वकील डी.एन. श्रीवास्तव को बुलाया। अपनी सारी सम्पत्ति एकमात्र सन्तान अनामिका जी के नाम वसीयत कर दी। बड़ा-सा मकान...करीब दो बीघे का अहाता...'अनामिका ट्रांसपोर्ट' का दफ्तर...दो किराये के मकान...। सबकी स्वामिनी अब अनामिका शर्मा।

"करोड़ों की सम्पत्ति अनामिका जी के नाम और अनामिका जी का कहीं कोई नहीं।"

गोपेश जी ने आगे कहा, "अमेरिका से लौटी अनामिका जी ने तीन-चार दिन बाद मुझे आदमी भेजकर बुलाया। इस बीच उनको सारी जानकारी मिल गई थी। पड़ोस के प्रोफेसर टी.के. झा, जो चन्द्रानन बाबू के सबसे नजदीक रहे, अनामिका जी को सारी बातें बताईं कि कैसे वे पागल हुए...रात के सन्नाटे में छत पर जाकर अन्नो-अन्नो...राजेश-मिथिलेश...पुकारते थे। कभी-कभी दमयन्ती नाम लेकर छत से पुकारते थे। बाद में पता चला, दमयन्ती उनकी पहली पत्नी हैं।...सारी घटनाएँ...गाँव से बेटे का आना...चन्द्रानन बाबू को गाँव ले जाना...फिर काँके मेंटल हॉस्पिटल में उनकी मृत्यु। प्रोफेसर टी.के. झा ने सारी घटनाएँ विस्तार से बताई थीं अनामिका जी को।"

गोपेश जी ने चबूतरे पर बैठे छोटू बाबू, शिवनाथ बाबू और चैतू मंडल को देखा, फिर धीरे से बोले, "और जानते हैं आप, अपने वकील को लेकर क्यों आई हैं अनामिका जी?...अपनी सारी सम्पत्ति जो उन्हें पिता से मिली

है—करोड़ नहीं, करोड़ों की सम्पत्ति...वह रणधीर की माँ को देने आई हैं। वह जो वकील साहब आए हैं, उनके ब्रीफकेस में वसीयतनामा है, जायदाद का ब्योरा है।"

सब गोपेश शर्मा का चेहरा देखने लगे।

शिवनाथ बाबू ने पूछा, "सच कह रहे हो गोपेश?"

"तो आपको क्या लगता है, झूठ कह रहा हूँ? अनामिका जी को 'राई-रत्ती' की जानकारी है। उनको पता है, रणधीर की माँ ने चन्द्रानन बाबू का एक पैसा नहीं छुआ। रणधीर एक बीघा खड़ी फसल 'सूदभरना' पर रखकर पिता को काँके ले गया इलाज कराने। पागल हो गए थे। रणधीर अपने गाँव न ले आता तो क्या होता? कहीं भटकते-भटकते मर जाते। शव की पहचान भी शायद न हो पाती। एक लावारिस लाश! शायद कोई पागल मरा है!..."

छोटू बाबू बोले, "शिवनाथ बाबू, यथार्थ कभी-कभी कथा-कहानी से भी ज्यादा विचित्र होता है। देखिए, करोड़ों की सम्पत्ति अपनी सौत को देने आई हैं अनामिका जी!"

"हाँ, छोटू बाबू, रिश्तों को समझना बड़ा कठिन होता है। बहुत दूर चला गया रिश्ता कब बहुत नजदीक आ जाएगा और बहुत नजदीक का रिश्ता कब बहुत दूर चला जाएगा, इसे कोई नहीं जानता।" बोलते हुए शिवनाथ बाबू गम्भीर हो गए।

जब कभी रिश्तों की बात चलती है, छोटू बाबू के दिमाग में कौंध जाता है उनका छोटा बेटा लाल बाबू। अविकसित मस्तिष्क के इस अभागे को दोनों भाइयों ने अपने साथ रखने से साफ इनकार कर दिया। बड़े ओहदों पर हैं दोनों—बड़ा इनकमटैक्स कमिश्नर, छोटा जिला-जज। दोनों बेटों ने घुमा-फिराकर यही कहा, 'आपकी जवाबदेही है पापा, आप जानें!'

सूरज डूब चुका था। हवा में ठंड की आहट थी। धुआँ-धुआँ-सा चारों ओर। सीताराम चौरसिया ने अपनी दुकान से ही चबूतरे पर बैठे लोगों को गिना। चार थे कुल। टिनहा थाली में चार गिलास चाय लिये वह स्वयं आ गया। एक चाय थाली में अलग रखी थी, बिना चीनी वाली—ठीक वैसे ही, जैसे मध्य बिहार के गाँवों में दक्षिण टोला होता है।

गोपेश शर्मा को बहुत दिनों बाद चौरसिया ने देखा तो पूछा, "क्या आप भी चौपाल में शामिल हो रहे हैं, सर?"

गोपेश जी मुस्कराए।

शिवनाथ बाबू ने चौरसिया से कहा, "अरे सीताराम, ई गोपेसवा को शहर का चस्का लग गया है, गाँव में क्या रहेगा!"

शिवनाथ बाबू की ऐसी खिलन्दड़ी भाषा पर सब हँसने लगे।

छोटू बाबू मन-ही-मन कुछ सोचकर मुस्कराए—कितना प्रिय लगता है जब दो बूढ़े, जो बचपन में संगी-साथी रहे हों, आपस में 'रे-तुम' सम्बोधन से बात करते हैं! बुढ़ापे के रोग-शोक के बीच यह खिलन्दड़ापन ऐसा सुखद, ऐसा प्यारा लगता है, जैसे जेठ महीने में बादल घिर आए हों!

"और आप मास्टर साहब?" चौरसिया ने चैतू मंडल से पूछा, "आपको बहुत दिनों बाद आज देख रहा हूँ। रिटायर हो गए, सर?"

"हाँ, सीताराम, रिटायर हो गया हूँ।"

"तो आइए सर, बटचौपाल में आइए। खाली जगह को भरिए।"

"अभी थोड़े आएँगे चैतू बाबू! नारद-मोह से मोहभंग होगा तब न यहाँ आएँगे। बेटा लखनऊ में रहता है। गए तो थे पति-पत्नी। पत्नी रह गई, पति लौट आए हैं तीन-चार महीने बेटे के साथ रहकर।"

"हाँ, छोटू बाबू, लौट आया हूँ। पत्नी वहीं रह गई। असल में मूर्ख-अनपढ़ है न! पोते-पोती के नेहफाँस में फँस गई है। मुझे तो लगा, मैं एक-डेढ़ महीने में ही 'मूक-बधिर' बन जाऊँगा। पत्नी बच्चों में रम गई थी, रसोई भी सँभाल रही थी। मैं झख मारता रहता था। कोई बोलने-बतियानेवाला नहीं। यहाँ गाँव में दस-पाँच प्रणाम करनेवाले, बातचीत करनेवाले रोज मिल जाते हैं। वहाँ लखनऊ में कौन मिलेगा बात करनेवाला? असल में क्या है छोटू बाबू, आप तो ज्यादा जानते हैं...आदमी परिवेश में जीता है और वह परिवेश मेरा यहीं है—अपने लोग, अपना देस-कोस, अपना माटी-पानी, अपनी बोली-बानी।"

छोटू बाबू मुस्कराए। गोपेश शर्मा और शिवनाथ बाबू की तरफ देखते बोले, "सुना आप लोगों ने चैतू भाई को! फर्स्ट क्लास फर्स्ट यों ही नहीं हुए थे राजनीतिशास्त्र ऑनर्स में!"

चबूतरे से चारों उठे। अगहन की उनींदी गीली साँझ। तिकोनियाँ मोड़ पर जब सब अलग होने लगे, शिवनाथ बाबू ने गोपेश शर्मा से कहा, "रणधीर के यहाँ अनामिका जी और वकील साहब रात में रह गए हैं तो कोई बात जरूर हुई होगी। पता करना, क्या हुआ!"

छोटू बाबू बोले, "मुझे नहीं लगता, रणधीर की माँ अनामिका जी का 'दान' स्वीकार करेंगी!"

21

दूसरे दिन सुबह अगहन मास का झीना कुहासा छाया हुआ था। मैली धुन्ध थी और सूरज उजले-भूरे बादलों की चादर में ऊँघता-सा दिख रहा था। रणधीर की माँ और अनामिका जी बरामदे के बाहर दरवाजे पर बिछी खाट पर बैठी बातचीत कर रही थीं। बाहर वाले कमरे में वकील साहब लौटने की तैयारी कर रहे थे। खुद गाड़ी ड्राइव करते आए थे।

अनामिका जी ने वकील चाचा को सुबह ही बता दिया था कि रणधीर की माँ लाख मनाने पर भी नहीं मानीं। देर रात तक दोनों एक ही पलंग पर एक ही चादर में दुबकी पड़ी रहीं। चादर में दोनों के चेहरे एक-दूसरे के आमने-सामने, लगभग सटे हुए थे। अनामिका जी ने यहाँ आने का अपना मकसद बताना शुरू किया।

"दीदी, मुझे सारी बातें मालूम हो गई हैं कि आपने और बेटे रणधीर ने 'उनके' लिए क्या किया। इस विषय में कुछ कहना अपने को और आपको छोटा करना होगा...।

"दीदी, पापा की मैं अकेली सन्तान हूँ। पापा जब दुनिया से विदा होनेवाले थे, अपनी सारी सम्पत्ति उन्होंने मेरे नाम वसीयत कर दी। कहने को मेरे दो बेटे

हैं, एक बेटी है। तीनों को हमने बड़े अरमान से पढ़ाया। मेरे पास यानी चन्द्रानन बाबू के पास क्या था! कॉलेज में प्रोफेसर थे। प्रोफेसर की क्या औकात कि तीन-तीन बच्चों को देहरादून और दिल्ली में रखकर पढ़ाते! सारा खर्च पापा कर रहे थे। बड़े अरमान पाल रखे थे उन्होंने। कोई बेटा नहीं था न, नातियों और नातिन पर ही सारा प्यार उड़ेल दिया था। पढ़-लिख गए तीनों। बेटा राजेश और मिथिलेश अमेरिका में हैं। राजेश सॉफ्टवेयर इंजीनियर है, मिथिलेश एक बड़ी कम्पनी में सी.ई.ओ. है। दोनों को ग्रीनकार्ड मिला हुआ है। बेटी वन्दना लन्दन में डॉक्टर है।"

पलंग पर दोनों के चेहरे आमने-सामने थे। रणधीर की माँ बड़े गौर से सुन रही थीं। अनामिका जी ने अपनी एक बाँह दीदी की देह पर रख दी थी। रणधीर की माँ बोलीं, "हाँ, तो आगे...?"

"दीदी, माता-पिता के लिए यह गर्व की बात हो सकती है कि तीनों सन्तानें विदेश में अच्छी नौकरियों में हैं। ईर्ष्या भी हो सकती है किसी को, लेकिन हमें दुख ही दुख मिला। किसी सन्तान की शादी कराने का सौभाग्य नहीं मिला। क्या कहूँ दीदी!...लगता है, बच्चों की परवरिश में कोई भारी कमी रह गई थी। घर-परिवार से वे लगातार दूर रहे। छुट्टियों में कभी आते भी तो नाना के बड़े मकान में रहते। वहाँ सारी आधुनिक सुविधाएँ थीं। अपना तो छोटा-सा मकान था...।

"क्या बताऊँ दीदी, क्या बताऊँ अपना दुख! साढ़े छह साल अमेरिका में दोनों बेटों की कैद में रही। कभी बड़े बेटे की कैद में, कभी छोटे बेटे की कैद में। खबर तक नहीं हुई कि चन्द्रानन बाबू किस हाल में हैं। बात ही नहीं करने देते थे। और मेरे पास सम्पर्क का कोई साधन नहीं था। दोनों बेटे कहते—पापा मजे में हैं माँ...!

"बेटों की जेल से कैसे मुक्त हुई, यह अलग कथा है।

"मुजफ्फरपुर लौटी तो सब कुछ खत्म हो चुका था। पहुँचने पर पता चला, चन्द्रानन बाबू नहीं हैं दुनिया में। वे पागल हो गए थे। काँके मेंटल हॉस्पिटल में उनकी मृत्यु हुई। आपने और रणधीर ने उनके लिए क्या किया, इसकी पूरी जानकारी है मुझे।

"...मेरा अब कोई नहीं है दीदी! मैं अपना सब कुछ जो मुझे पापा से मिला है, आपको सौंपने आई हूँ। बची हुई जिन्दगी इत्मीनान के साथ जीने का अरमान लेकर आपके पास आई हूँ। आपके साथ रहना चाहती हूँ दीदी! वकील चाचा को साथ लाई हूँ। वकील चाचा मेरे पापा के सारे मामले, केस-मुकदमे देखते रहे हैं। इनके पास सारे कागजात हैं। दान की कानूनी प्रक्रिया पूरी कर ये लौट जाएँगे। पापा करोड़ों की सम्पत्ति मेरे नाम कर गए हैं। सब कुछ आपको देने आई हूँ और आपके साथ रहने आई हूँ। इतनी सम्पत्ति मुझसे सँभलेगी भी नहीं। मैं हाथ जोड़ती हूँ दीदी, आप स्वीकार कीजिए।"

अनामिका जी की आँसुओं में डूबी गीली आवाज साथ लेटी रणधीर की माँ ने महसूस की। दोनों के चेहरे इतने करीब थे कि एक-दूसरे की साँसें सुनी जा सकती थीं।

रणधीर की माँ धीरे से बोलीं, "मैंने शुरू में ही प्रण कर लिया था और रणधीर से कह भी दिया था, मुझे आपके पति का कुछ भी नहीं चाहिए।"

"आपका पति? नहीं दीदी, हमारा पति कहिए। चन्द्रानन बाबू ने झूठ बोलकर मुझसे शादी की। बताया नहीं कि वे विवाहित हैं। जब पता चला कि वे विवाहित हैं और उनका एक पुत्र भी है, तब मेरी क्या हालत हुई होगी, आप सोच सकती हैं। पापा तो आगबबूला हो गए थे। पिस्टल निकाल ली थी। मैंने कहा—आपने कुछ किया पापा, तो मैं जहर खा लूँगी। कुछ साल लग गए इस तनाव को झेलते।...मेरा कोई दोष नहीं था दीदी!"

रणधीर की माँ ने दोटूक जवाब दे दिया, "अनामिका जी, आपका दिया एक तिनका तक नहीं लूँगी। मेरे परिवार को जितना चाहिए, उतना है मेरे पास। मेरी बात माननेवाला बेटा है, सुशीला बहू है, प्यारा-सा पोता बबलू है...।"

"और प्यारी-सी छोटी बहन अनामिका है।" बीच में अनामिका जी ने रोक दिया और दोनों हँसने लगीं। देर तक हँसती ही रहीं।

रणधीर की माँ ने आखिरी बार कहा, "मुझे आपका कुछ नहीं चाहिए अनामिका जी! आप सैकड़ों बार स्वीकार करने को कहेंगी, मैं हजारों बार इनकार करूँगी।"

"मगर इतना तो करेंगी कि अनामिका में 'जी' नहीं लगाएँगी, सिर्फ अनामिका कहेंगी?"

रणधीर की माँ बगल में सोई अनामिका जी को हलका-सा धक्का देकर हँसती हुई बोलीं, "अभ्यास करूँगी अनामिका बोलने का।"

"और यह भी सुन लीजिए दीदी, मैं यहाँ से जानेवाली नहीं हूँ।"

"कौन कहता है आपको जाने के लिए!" एक ही करवट सोई रणधीर की माँ की पीठ दुखने लगी थी।

"हाँ, मैं यहीं आपके साथ, बेटा-बहू और पोते के साथ रहूँगी। देख ली मैंने दुनिया, परख लिये नाते-रिश्ते, अब मैं दिखावे के मोहफाँस में फँसनेवाली नहीं हूँ। बेटी वन्दना ने पहले लन्दन बुलाया। उसकी 'डिलिवरी' थी। उसकी बेटी डेढ़ साल की हुई तो बड़े बेटे राजेश ने कैलिफोर्निया बुला लिया कि मैं उसके पाँच-छह महीने के बेटे की देखभाल कर सकूँ। टेक्सास में रहनेवाले छोटे बेटे मिथिलेश ने बड़े भाई से कहा, 'क्या माँ पर आपका ही हक है, मेरा नहीं? क्या मेरी माँ नहीं है?' और इस चक्कर में साढ़े छह साल गुजर गए।... पटना सिटी के डॉक्टर अंसारी ने मुझे छोटे बेटे की कैद से निकाला और यहाँ तक पहुँचाया। खुदा उनको बरकत दे!"

रणधीर की माँ को आश्चर्य हो रहा था—क्या ऐसी भी बेटी हो सकती है? ऐसे भी बेटे हो सकते हैं?

"मुझे कुछ नहीं चाहिए दीदी। बस, मैं आपके परिवार के साथ अपने परिवार की तरह रहना चाहती हूँ। बहू 'अंगभारू' है। पोता या पोती जो भी हो, उसके साथ एक बार फिर जीना शुरू करूँगी। बुढ़ापे में बचपन लौट आएगा।"

रणधीर की माँ ने अनामिका जी को खींचकर गले से लगा लिया। बोलीं, "यह गाँव है अनामिका और हम साधारण किसान हैं। आप यहाँ नहीं रह सकेंगी।"

अनामिका जी ने मुस्कराते हुए कहा, "दीदी, आपको पता नहीं है, मेरा जन्म गाँव में हुआ। दरभंगा में बागमती नदी के किनारे एक गाँव है सुभद्रपुर। नौ-दस साल की उम्र तक वहीं रही। बाद में पापा ने मुजफ्फरपुर में ट्रांसपोर्ट

का बिजिनेस शुरू किया तो मुजफ्फरपुर आ गई। सुभद्रपुर के प्राइमरी स्कूल में पढ़ी भी हूँ। एक कहावत है दीदी—योगी के आगे धुरखेल! मुझे डराइए मत दीदी... !"

...वकील चाचा लौटने के लिए तैयार हो चुके थे। अनामिका जी वकील चाचा को दरवाजे के एक कोने में ले गईं। पता नहीं, उन्होंने वकील चाचा से क्या कहा। जो बातचीत रणधीर और उसकी माँ के सामने हुई, उसे दोनों ने सुना।

अपना ब्रीफकेस और बैग लिये वकील चाचा दरवाजे पर आए। रणधीर, उसकी माँ और अनामिका जी खाट के पास खड़े थे। अनामिका जी ने वकील चाचा से कहा, "मैं यहीं रहूँगी वकील चाचा। मैनेजर हरिवंश चाचा को फोन से निर्देश देती रहूँगी। पापा के 'अनामिका ट्रांसपोर्ट' ऑफिस को अभी बेचना नहीं है। कोई ग्राहक मिले तो सिकन्दरपुर वाला मकान बेच डालिए। हरिवंश चाचा कह रहे थे कि उस मकान पर अपनी ही बिरादरी के एक दबंग विधायक की नजर है। पता नहीं, कब कब्जा कर लें।"

वकील चाचा बोले, "हाँ, उस मकान को बेच डालना ही ठीक होगा। मुझसे भी कह रहे थे हरिवंश जी।"

अनामिका जी ने वकील चाचा से फिर कहा, "बैंक का चेकबुक, पासबुक किसी के मार्फत मेरे पास भिजवा दीजिए। अच्छा हो, हरिवंश चाचा ही आ जाएँ। कुछ पैसे निकालने हैं। देखते हैं न यह जर्जर मकान!"

वकील चाचा कार के पास खड़े थे। बोले, "अन्नो, मुझे लगता है, तुम्हारे यहाँ रहने का फैसला सोच-समझकर लिया गया नहीं है। भावुकता से जिन्दगी नहीं चलती अन्नो बेटी!"

अनामिका जी मुस्कराईं, "अब तक तो सब कुछ सोच-समझकर ही किया था। अब बिना सोचे-समझे जीना चाहती हूँ। भावुकता में लिया गया फैसला नहीं है यह। दीदी के विषय में जितना सुना, बेटे रणधीर के विषय में जितना सुना, वह तो बहुत कम था। आपको क्या लगता है चाचा, दीदी महज घरेलू औरत हैं? इनका फैसला आपने सुन लिया न! क्या आपको नहीं लगता—शी इज ग्रेट?"

वकील चाचा ने गाड़ी स्टार्ट की। पलटकर अनामिका जी को देखा। अनामिका जी डबडबाई आँखों से मुस्कराती वकील चाचा को देखती रहीं।

आकाश में कई परतों के झीने बादल हैं—उजले, भूरे, ललछौंहें। बादलों की ओट से अगहन मास की सुबह का सूरज चाँदी की थाल की तरह चमक रहा है। पोते बबलू का बायाँ हाथ अपने हाथ में लिये अनामिका जी धुन्ध में लिपटे निष्प्रभ-निस्तेज सूरज को इस तरह देखने लगीं, जैसे पूर्णमासी के चाँद को देख रही हों!